박진영·신하나

한 패션 브랜드에서 동료로 만나 친구로 지내다가, 지속가능한 패션이라는 뜻을 모아 패션 브랜드 낫아워스(NOT OURS)를 함께 런칭, 운영 중이다. 낫아워스에서 박진영은 디자인, 신하나는 브랜드 마케팅을 담당한다. 두 사람 다 비건으로, 일상에서 지속가능한 삶이 무엇인지 고민하고 실천하기 위해 노력 중이다.

디자인 onmypaper 일러스트 도아마

지구를
살리는
옷장

지속가능한
패션을 위한
고민

박진영 신하나 지음

지구를
살리는
옷장

창비
Changbi Publishers

차례

Chapter 1

거대하고 빨라진 패션 산업

Chapter 2

동물을 입는다는 것

Chapter 3
생산자와 소비자로서 할 수 있는 실천

서로

다른

시작

Prologue

하나의 이야기

"마장동 정육점 거리를 다녀온 날, 나는 고기를 끊었다."

이렇게 멋지게 비건 선언을 하고 싶지만 실상은 그렇지 않았다.

비거니즘을 실천하기까지는 조금 더 시간이 필요했다.

그래도 시작은 서울 성동구의 마장동 정육점 거리가 맞다. 2017년

봄, 당시 다니던 회사에서 회식으로 갔던 그곳은 살면서 처음이자

마지막으로 가본 정육식당이 되었다. 노량진 수산시장에서처럼

여러 가게 중 한곳에서 고기를 구매하고, 판매한 분이 알려준 골목

끝 2층에 자리한 식당으로 들어갔다. 좀더 저렴하게 많이 먹기 위해

간 곳답게 불판이 빌 틈을 주지 않고 바삐 고기를 구웠다. 배가 불러

허리도 제대로 펴지 못할 만큼 위장의 한계를 채운 후 식당을 나섰다. 내가 갔던 식당이 정육점 거리의 끝에 위치했기에 집에 가려면 식당에서부터 왔던 길을 되돌아가야 했다. 화장실 들어갈 때 마음과 나올 때 마음이 다르다더니, 나가는 길에 보이는 풍경은 들어올 때와 전혀 달랐다. 긴 거리에 줄줄이 늘어선 가게마다 켜진 붉은 불빛 아래 커다란 고깃덩어리들이 걸려 있었다. 아까도 분명 보았을 텐데 크게 신경쓰지 않고 지나갔을 것이다. 진한 살냄새에 속이 메슥거렸다. 불편함이 느껴지는 순간 빨간 바닥에서 올라오는 피비린내가 코를 뚫고 들어와 곧장 뇌를 관통했다. 지금도 생생히 기억날 만큼 충격적인 순간이었지만, 당시에는 숨을 쉬기가 너무 힘들어 이 길을 빨리 빠져나가고 싶다는 생각뿐이었다. 과음 후 괴로움의 시간을 보내면서 다시는 술을 마시지 않겠다고 다짐하듯 나는 이 충격이 모두 과식 때문이라며 당분간은 고기를 먹지 말아야겠다고 다짐했다.

그즈음에 유튜브 알고리즘이 나를 한 비거니즘 관련 강연 영상으로 이끌었다. 미국의 동물권 활동가인 게리 유로프스키가 2010년 여름 조지아 공과대학에서 한 강연이었다. 한국어는 물론 전세계의 다양한 언어로 번역되어 있을 만큼 유명한 이 영상은 총 2부로 되어 있다. 1부는 가축으로서의 동물과 육식에 대한 강연,[1] 2부는 학생들과의 질의응답이다.[2]

1부에서 게리 유로프스키는 공장식 축산업에 대한 설명과 함께 실제 도축장에서 촬영한 영상을 가감 없이 보여준다. 동물이 '고기'라는 이름으로 내 식탁에 올라오는 과정에 조금만 관심을 둔다면 알 방법은 많았지만 굳이 알고 싶지 않았었다. 무엇이 내 손가락을 움직여 그 영상을 클릭하게 만들었는지 모를 일이지만, 내 눈앞에 펼쳐진 진실은 무척이나 혼란스러웠다. 충격과 혼돈에 영상을 보는 내내 하염없이 눈물이 흘렀다.

1부 영상을 본 직후에는 머릿속이 너무나 혼란스러워 얼마간의 시간이 지난 후에 2부를 보았다. 2부는 학생들과의 질의응답이 담긴 파트인데, 1부를 본 후 들었던 복잡했던 생각들이 명확하게 정리되고 이해되었다. 나는 이 강연을 계기로 '동물을 먹고 입는 것은 무엇인가'라는 물음을 가지게 되었고, 비거니즘 관련 책과 영상을 더 찾아보고 공부하면서 내 삶을 돌아보았다. 상황을 인지하고 적응하고 알아가는 과정이었다. 그리고 나는 고기를 끊었다.

하지만 식생활을 단번에 모두 비건으로 바꾸는 건 쉽지 않았다. 평생 비거니즘을 실천하겠다고 다짐했는데 중간에 포기하게 될까봐 걱정이 되었다. 비거니즘은 다이어트 같은 단기전이 아니라 장기전이었다. 그 대신 화장품이나 의류, 신발, 생필품을 바꾸는 건 더 쉬울 것 같았다. 음식은 적어도 하루에 두끼는 먹어야 하는데 물건은 필요할 때마다 하나씩 바꾸어가면 되니까. 지속가능한 실천을 위한 내 나름의 전략이었다.

전에는 비건을 그저 고기를 안 먹는 사람, 채식 단계 피라미드의 맨 꼭대기에 있는 '끝판왕' 정도로 생각했었다. 하지만 공부를 하다보니 비거니즘은 단지 채식주의가 아니라 동물과 환경을 위한 실천 철학이라는 것을 알게 되었다. 30년 넘게 고수하던 삶의 방향과 생각이 완전히 새롭게 바뀌면서 여전히 혼란스러웠지만 동시에 매우 설레고 궁금한 것들도 많아졌다.

그리고 예전에 의류 회사에서 직장 동료로 만나 친구가 된 진영이 생각났다. 진영은 2015년에 처음 만났을 때도 비건이었는데, 내 주변에 오랫동안 비거니즘을 실천해온 사람이 있다는 것만으로도 의지가 되고 용기가 났다. 나는 진영을 찾아가 그간 한번도 나눈 적 없던 이야기를 진지하게 나누었다.

진영은 나와 정반대였다. 음식은 오히려 스스로 만들어 먹을 수 있어서 컨트롤하기 쉬운 반면 옷, 신발, 가방 등은 예쁘고 질 좋은 비건 제품을 구입하기 어렵고, 특히 패션 디자이너로서 생계를 유지해야 하기에 절대 쉽지 않은 부분이 있다고 했다. 그래서 비거니즘을 실천하겠다며 찾아온 나의 실천 방향이 자신과 반대라는 것이 신선한 자극이 되었다고 한다.

진영과 이야기를 나누던 때가 추석이 다가올 즈음이었던 걸로 기억한다. 나는 겨울 아우터를 장만하고 싶어 비건 아이템을 찾는 중이었고 비동물성 소재로 만든 질 좋고 마음에 드는 디자인의 제품을 찾기가 매우 어려워 좌절하고 있었다. 그때 깨달았다. 먹는 것보다 옷과 가방을 바꾸는 일이 더 쉬우리라는 생각은 큰 착각이었다는 것을. 패션 아이템은 음식보다 기성품 의존도가 훨씬 높았고, 당시에는 또다른 선택지가 거의 없다시피 했기 때문이다. 특히 겨울용 제품은 동물성 소재로 만든 것들이 대부분이었다. 마침 우리 둘 다 각자 다니던 회사를 그만둔 후 미래에 대해 고민하고 있던 시기였다. 나는 진영에게 "어차피 둘 다 잘할 수 있는 일이 옷 만드는 건데, 우리가 입을 겨울 아우터나 하나 만들어서 크라우드 펀딩 플랫폼에서 팔아볼래?"라고 제안했다. 딱 한벌의 샘플로 가볍게 시작한 일이었다.

<u>진영</u>의 이야기

서로 다른 시작 2

나는 어려서부터 그리고 만드는 것을 좋아했다. 별거 아닌 어렸을
적 이야기를 이제 와 거창하게 포장하는 느낌이 있어 조금 민망하긴
하지만, 중·고등학교 때 당시 유명 가수들의 무대 의상을 상상해서
스타일링 노트를 만들기도 하고, 인형에게도 옷을 만들어 입히곤
했다. 싸게 구입한 구제 옷들을 완전히 다른 디자인으로 리폼해 입고
나가 친구들에게 자랑하고 빌려주는 일도 자주 있었다. 나중에는 왜
하필 이 길에 발을 들였을까 후회할 때도 많았지만 관심과 취미가
직업으로 연결된 모든 과정의 흐름이 나에게는 너무나 자연스러워서
패션을 전공으로 택하지 않았더라도 어차피 언젠가 한번은 패션계에
어떻게든 발을 들이지 않았을까 하는 생각이 든다.

이런 이야기를 하니 마치 내가 천생 패션 디자이너, 천생 패션 피플이라도 되는 것 같지만, 패션디자인학과에 들어가 공부를 시작하자마자 본능적으로 이 업계는 나와 맞지 않는다는 것을 알았다. 과제가 많아 밤을 새우기 일쑤였는데 교수님은 아무리 밤을 새웠어도 발표 전에는 집에 가 옷을 차려입고 오라고 했다. 학교 공부를 따라가기만도 벅찬데 꾸미기에 대한 압박까지 더해져 스트레스를 받을 때가 많았다. 나는 뭔가 만드는 것을 좋아하고 순수하게 옷이 좋았던 건데 옷과 패션은 다르다는 것을 깨달았다. 패션은 나에게 취향을 누리기보다는 트렌드에 예민할 것을 요구했으나 소위 트렌드라는 것들이 내 눈에는 공허하고 이해되지 않을 때가 많았다.

나는 비건이 되기 전에도 고기는 거의 닭과 해산물만 먹었다. 특별히 신념을 가지고 그랬던 건 아니다. 그런데 돌이켜보면 내가 고기를 그다지 즐기지 않은 데도 심리적인 이유가 있었던 것 같다. 나는 어린 시절 시골에서 자랐다. 그래서 자연스럽게 옆집의 돼지와 우리 집의 오리, 혹은 누구네 집의 개가 도축당하는 걸 종종 볼 수밖에 없었다. 담장 너머 들리던 돼지, 오리, 개의 비명이 아직도 생생하다. 그런 날이면 어김없이 상 위에 고기가 푸짐하게 올라왔다. 우리 집 식구들은 맛있게 먹었지만, 나는 사 먹는 고기는 먹어도 직접 잡은 고기는 도저히 먹기가 어려웠다. 폴 매카트니가 "도축장에 유리

벽이 있다면 모두가 채식주의자가 될 것이다"라는 말을 한 적이 있는데, 동물을 직접 잡아먹는 일이 흔하던 내 어린 시절의 시골 풍경을 돌이켜보면 꼭 그럴 것 같지는 않다. 폭력은 자주 노출될수록 둔감해지기 마련이다.

그렇게 편식에 가까운 식생활을 하다가 완전 채식을 하게 된 건 성인이 되어서다. 하지만 거의 먹는 것만 철저히 지키는 비건이었다. 동물을 착취하지 말자는 생각을 가지고 몇 년 동안이나 비건 식생활을 하면서도 나머지 생활은 거의 그대로 유지했다. 지금은 비거니즘이 단지 먹는 것에 국한되지 않는다는 것을 많은 사람들이 알고 있지만, 당시는 비거니즘에 대한 이슈나 담론이 거의 형성되지 않은 시기였고, 주변에 채식을 하는 사람이 전혀 없어 혼자서만 실천을 이어나갔기 때문에 생각이 더 확장되기도 힘들었다. 무엇보다 나는 패션 디자이너였기 때문에 오히려 패션에 대한 고정관념이 상당했다. 모피가 너무 잔인하다는 인식이 조금씩 퍼지기 시작한 때였으나, 울이나 실크, 가죽에 대해서는 나 역시 깊게 고민해본 적이 없었다. 시중에는 품질이 좋은 인조가죽 제품이나 울과 실크를 대체할 만한 소재가 거의 없었다. 나에게는 동물성 소재를 소비하는 기준이 없었다. 그냥 그때그때 느낌에 따라 결정했다. '가죽 구두를 신지 않는 건 불가능하지만 가죽 재킷을 굳이 입어야 할까? 가죽 재킷은 면적이 너무 넓잖아.' '악어가죽은 희귀하니까 더 비윤리적이야.' '부츠는 가죽 면적이 좀 넓긴 하지만 원래 그런 아이템인걸.' 말도 안 되지만 이런 식이었다. 롱부츠는 내가 특히 좋아하는 아이템 중 하나였다.

학교에서 공부를 할 때도 의류 소재와 윤리를 깊게 연관 지어 생각해본 적이 없었다. 미끌미끌한 실크나 실크 시폰 등 다루기 어려운 고급 소재로 과제 욕심을 내는 친구들 사이에서 나 역시도 비싼 동물성 소재가 최고인 줄로만 알았다. 동물을 소비하지 않아야 한다는 걸 머리로는 너무 잘 알고 있으면서도, '맨날 캔버스화만 신고, 천으로 만든 벨트와 천 지갑만 쓰면서 살 수 있을까?' 하고 묻는다면 그건 완전히 불가능한 일인 것 같았다. 내 안목은 나름대로 예쁘고 좋은 것들에 익숙했고, 동물성 소재를 소비하지 않는 건 직업적으로도 무리라고 스스로를 합리화했다.

개인적으로는 비건 식생활을 하면서, 일을 할 때는 면으로 제품을 만든 후에도 '이 부분은 가죽을 트리밍하거나 가죽 라벨을 달면 훨씬 더 고급스러울 것 같아' 하며 동물성 소재를 추가했다. 디자이너 브랜드에 들어가서는 더욱더 일과 나를 분리하면서 100퍼센트 실크, 100퍼센트 울, 비싼 가죽을 찾아다녔다. 인지 부조화를 해결하는 유일한 길은 내가 디자이너를 그만두는 것뿐이라고 생각했다.

개인의 가치관과 신념은 물론 중요하다. 하지만 어떤 직업을 가지고 일을 하면서 개인의 신념을 철저하게 지킨다는 게 가능한 일일까? 꼭 패션이 아니더라도 때로는 하기 싫은 것도 해야 하는 게 일이라는 거고 세상은 원래 모순투성이가 아닌가? 회사로부터 돈을 받고 일하는 사람으로서 나에게 주어진 일을 잘하는 게 중요하지, 내 가치관을 밀어붙여 회사를 바꿀 수는 없는 일 아닌가? 나는 이미 아무것도 안 하는 사람이 아니라 실천하고 있는 사람이지 않은가? 이렇게 자위하며 지금의 상황 안에서 내가 할 수 있는 만큼만 하면서 살아가자고 생각했다.

그때쯤 하나를 만났다. 우리는 같은 의류 회사에서 동료로 만나 이후 쭉 친구로 지냈는데, 어느 날 하나가 앞으로 채식을 하겠다는 선언을 했다. 정말 반가운 일이었다. 그런데 하나는 내가 한번도 생각해보지 않았던 이야기를 했다. 당장 비건 식생활까지 완벽하게 실천하지는 못하겠지만 앞으로 가죽 신발이나 동물성 소재의 옷 같은 것은 입지 않겠다는 것이다. 그동안 내가 피해오기만 하던 문제를 간단하게 부숴버리는 발언이었다. '나한테는 그렇게나 어렵게 느껴지는 일이 누군가에게는 훨씬 쉬운 일이 될 수 있구나. 저렇게 그냥 실천하면 되는 것을 나는 왜 아직도 하지 못하고 있었나' 하는 생각이 들었다. 그때 하나의 제안으로 시작했던 작은 프로젝트를 우리는 4년 넘게 이어오고 있다. 시작이 어렵지 그다음은 어렵지 않았다. 서로 출발 지점은 달랐지만 이 방향이든 저 방향이든 결국은 실천의 문제라는

것을 알게 되었기 때문이다. 아무것도 하지 않기보다는 그냥 그

자리에서 할 수 있는 것을 해나가고, 할 수 없다면 할 수 있는 방법을

찾아나가는 게 중요하다는 것을 깨달았다.

그래서 우리에게 지속가능한 삶이란 우리 브랜드가 추구하는 가치일

뿐 아니라 동물과 사람, 환경을 착취하지 않으면서 내 생계를 어떻게

이어나갈지에 대한 깊은 고민이기도 하다.

거대하고
빨라진
패션 산업

Chapter.1

패스트 패션의 출현

2000년대는 말 그대로 패스트 패션 붐이었다. 한국에는 아직 상륙하지 않았지만 자라ZARA, H&M 등 패스트 패션 브랜드들이 2000년대 초반부터 세계 의류 시장을 휘어잡기 시작했고, 당시 패션을 공부하는 친구들 사이에서는 H&M의 컬래버레이션이 뜨거운 이슈였다.

  가장 먼저 패스트 패션의 개념을 도입한 곳은 자라였다. 1975년 스페인 북부에 문을 연 자라의 첫번째 매장은 인기 있는 고급 의류의 저가형 버전을 선보이는 콘셉트였다. 자라는 1985년에 리드 타임(lead time, 물품의 발주부터 그 물품이 납품되어 사용할 수 있을 때까지의 기간)을 줄이고 새로운 트렌드에 보다 빠르게 대응할 수 있도록 디자인, 제조, 유통 프로세스를 구축했다. 자라의 설립자 아만시오 오르테가는 이를 '인스턴트 패션'instant fashion이라 불렀다.[1] '인스턴트 패션'은 패스트 패션을 아주 정확하게 설명하는 단어다. 쉽게 구입해 쉽게 누릴 수 있는, 즉각적이고 순간적인 패션 말이다.

아만시오 오르테가는 옷을 부패하기 쉬운 상품으로 간주하는 것으로 유명하다. 그에 따르면 사람들은 옷을 잠깐 동안만 즐겨야 하며, 그후에는 찬장에 보관하기보다 요구르트, 빵, 생선처럼 금방 버려야 한다. 자라는 패스트 패션 브랜드 중에서도 리드 타임이 특히 짧다. 현재 자라의 리드 타임은 3주 정도이고, 매장에 한 디자인이 머무는 시간 또한 평균 3~4주를 넘지 않는다.

H&M은 1947년 스웨덴의 도시 베스테로스에 헨네스Hennes라는 여성복 매장으로 처음 문을 연 후 1974년 H&M으로 사명을 변경했다. 꾸준히 성장해가던 H&M이 패스트 패션 브랜드로 확실히 자리매김하며 폭발적으로 성장한 것은 2000년 뉴욕에 플래그십 스토어를 열고부터다. H&M은 뉴욕에 첫번째 매장을 오픈한 후 유럽으로 매장을 확장해나갔다. 그리고 2004년 샤넬Chanel과 펜디Fendi의 크리에이티브 디렉터였던 칼 라거펠트와의 컬래버레이션을 시작으로 스텔라 맥카

트니[Stella McCartney], 빅터앤롤프[Viktor&Rolf] 등 당대 가장 핫한 디자이너 브랜드들과의 협업 제품을 선보였다. 이는 패션계에서 엄청난 이슈였다. H&M 덕분에 평소 접하기 어려운 하이엔드 패션 브랜드의 디자인을 누구나 저렴한 가격에 누릴 기회가 열렸기 때문이다.

그전에도 갭[Gap]과 같은 스파(SPA, 생산부터 소매와 유통까지 직접 맡는 패션 업체) 브랜드가 없었던 건 아니지만 기획, 디자인, 생산과 제조, 유통과 판매에 이르는 전과정을 제조사가 맡는 시스템에 하이엔드 패션 하우스의 디자인을 재현한 H&M과 빠르게 바뀌는 트렌드를 반영하는 자라의 급성장으로 톱숍[Topshop], 아소스[ASOS], 프라이마크[Primark], 포에버 21[Forever 21], 유니클로[Uniqlo] 같은 브랜드들도 함께 급부상하기 시작했고 스파 브랜드들은 금세 시장을 장악했다. 스파 브랜드는 옷을 빠르게, 많이, 자주 파는 것이 목표니 내구성이 좋을 필요가 전혀 없었다.

한국에서도 나를 포함한 많은 이가 H&M의 국내 론칭을 기다렸다. 2010년 H&M의 한국 상륙은 그야말로 화려했다. H&M은 '니트의 여왕'이라 불리는 프랑스 패션 디자이너 소니아 리키엘과의 컬래버레이션 컬렉션을 가지고 한국에 들어왔는데, 오픈 첫날 매장 앞에는 문을 열기 전부터 많은 사람들이 줄을 서 있었다. 소니아 리키엘 컬렉션은 매장 오픈 27분 만에 거의 매진되었다.

나도 H&M×랑방Lanvin 컬렉션 오픈 때 줄을 서본 적이 있다. 매장에 들어선 내 눈앞에 펼쳐진 풍경은 마치 코미디의 한 장면 같았다. 사람들은 디자인을 자세히 살펴보거나 입고 신어볼 시간도 없이 옷걸이와 매대에 있는 제품들을 팔에 걸고 바구니에 쓸어 담았다. 마음이 급해졌다. 나도 일단 사고 보자며 눈에 보이는 물건을 잔뜩 쓸어 담았다. 그냥 단순하게 나중에 중고로라도 팔 수 있겠지 생각했다. 그날 구입한 것들은 하나같이 평소 입기엔 너무 과한 것들이었다. 눈에 띄는 샛노란 컬러에 꽃을 형상화한 듯한 풍성한 어깨 장식과 커다란 러플이 달린 과한 실루엣의 원 숄더 드레스, 너무 높아서 신고 겨우 몇걸음도 걷기 힘든 데다 걸을 때마다 굽에 붙어 있는 큐빅 장식이 우수수 떨어지는 앵클 스트랩 킬 힐, 온종일 걸고 있다가는 목디스크에 걸릴 것 같은 샹들리에 형태의 무거운 목걸이 등이었다.

H&M에서 100만원을 넘게 쓰다니 허무한 느낌도 들었지만 그 순간에는 나도 명품 브랜드의 디자인을 저렴한 가격에 손에 넣었다는 기쁨에 뿌듯했다. 그러나 그 옷들은 일상에서는 전혀 입을 일이 없었고, '못 입으면 중고로 팔면 되지'

라며 스스로를 합리화했던 생각과는 다르게 해당 시즌에 유행했던 물건들은 시간이 갈수록 가치가 떨어졌다. 그럼에도 힘들게 손에 넣어 그런지 싸게 팔거나 그냥 버리기도 아까운 마음이 들었다. 그때 사두고는 몇번 입지 못한, 심지어 한번도 입지 못한 옷과 신발들이 아직도 내 옷장과 신발장에 있다.

아름다운 것을 좋아하고 소유하고 싶어하는 마음은 너무나 자연스럽다. 또 무언가를 사랑한다는 건 그 자체로 귀한 일이기에 그저 예뻐서 사는 것, 정말 가지고 싶은 제품을 순수하게 소장하는 것이 꼭 나쁘고 무가치한 일이라고 할 수는 없다. 만약 어떤 것의 가치를 유용한가, 무용한가의 쓸모로만 판단한다면 보석이나 예술 작품 같은 것들은 전부 쓸모없는 것일 테다. 옷뿐만 아니라 CD와 LP, 예쁜 그릇, 엽서, 자석 등 그동안 그저 좋아서 사 모은 것들이 어디 한둘이던가. 그렇게 순수하게 좋아서 모은 많은 물건들이, 딱히 실용적이지는 않다 해도, 사람의 정서를 풍요롭게 한다.

하지만 어떤 물건들은 가지고 나면 물건의 가격과 상관없이 오히려 마음이 가난해진다. 그 허무한 느낌을 정확히 말로 표현하기는 조금 어렵다. 나에게는 앞서 예로 든 소비가 그랬다. 랑방의 수석 디자이너 알버 엘바즈는 랑방의 부활을 이끈 주역이자 당시 가장 각광받는 디자이너였고, 나 역시도 그를 존경했다. 그의 디자인은 너무나 아름다웠다. 다만 나는 그 옷들이 진짜 좋아서 가졌다기보다는 남들이 다 귀하다고 하는 것을 싼값에 소유하고 싶은 욕심으로 손에 넣었던 것 같다. 그후로도 이렇게 자주 입을 옷이 아니거나 내 취향이 아닌데도 싸고 트렌디하기 때문에 무조건 구입하고 보는 일들이 점점 잦아졌다.

　　모든 것을 실용성과 품질로만 판단할 수는 없으며, 싸고 유행하는 것이 무조건 나쁘다고 생각하지는 않는다. 하지만 이러한 제품들과 쉽게 사고 버리는 소비 방식이 시장의 주류가 된다면 환경에는 당연히 큰 부담이 될 수밖에 없다. 옷을 부패하기 쉬운 상품으로 취급하는 태도, 잠깐 즐기고 버리기 위해 구입하는 과도한 소비문화와 지속가능하지 않은 생산 방식은 패스트 패션의 등장으로 인해 아주 빠르게 확산하기 시작했다.

라나 플라자 사건

패스트 패션은 금방 주류가 되었다. 2013년까지 H&M의 매장이 48개국에 2,800여개, 자라의 매장이 87개국에 약 2,000개로 늘어날 정도로 성장 가도를 달렸다.[2] 폭발적으로 성장하던 패스트 패션의 문제가 본격적으로 대두되기 시작한 것은 한 비극적인 사고 때문이었다. 바로 '라나 플라자Rana Plaza 사건'으로 알려진 건물 붕괴 사고다. 2013년 4월 24일, 방글라데시 수도 다카의 사바르 지역에 있는 건물이 무너져 1,134명이 사망하고 2,000명 넘게 부상을 입은, 의류 산업 역사상 가장 비극적인 사건이다. 하지만 분하고 안타깝게도 사전에 인명 피해를 막을 수 있었던 사건이기도 하다(보통 '라나 플라자 붕괴 사고'로 일컬어지지만, '사고'라는 단어보다는 '사건'이라는 단어가 더 어울리는 것 같아 여기에서는 '라나 플라자 사건'이라고 지칭했다. '사고' 는 뜻밖에, 저절로, 어쩌다 일어난 우발적인 일이라는 인상을 주지만, '사건'에는 문제를 일으킨 주체가 있기 때문이다).

라나 플라자는 약 5,000명의 노동자가 고용된 네개의 의류 공장 외에 여러 상점과 은행이 입주해 있는 8층짜리 건물이었다.[3] 건물이 무너지기 바로 전날 건물에서 폭발 소리 같은 굉음이 있었고 원인을 조사한 엔지니어는 3층 벽에서 큰 균열을 발견했다. 이는 지역 언론에 보도되어 저층에 있던 상점과 은행은 바로 폐쇄했으나, 의류 공장의 공장주는 건물을 사용하지 말라는 경고를 무시한 채 다음 날 아침 노동자들을 출근시켰다. 그리고 건물은 이날 오전 9시가 되기 전에 무너졌다. 건물이 무너지는 데는 2분이 채 걸리지 않았다.[4]

조사 결과 라나 플라자는 품질이 나쁜 건축자재를 사용하여 건물 자체가 부실한 데다가 불법 증축까지 한 것으로 드러났다. 또한 정전이 되어도 전원을 켜고 재봉틀을 돌릴 수 있도록 여러 층에 거대한 진동 발전기를 설치했고, 건물이 하중을 견딜 수 없을 정도로 많은 사람과 기계, 직물 등이 가득 들어차 있었다.[5] 언젠가는 무너지게 될, 예견된 사고였던 것이다.

라나 플라자 사건으로 인해 또다시 의류 산업 내의 노동환경과 인권 문제가 수면 위로 떠올랐다. 특히 라나 플라자의 의류 공장에서 만드는 제품의 브랜드들에 시선이 쏠렸다. 대부분 저렴한 가격의 상품을 제공하는 서구의 글로벌 브랜드들이었다. 방글라데시에서는 라나 플라자 사건이 있기 불과 다섯달 전인 2012년 11월에도 타즈린Tazreen 의류 공장에서 발생한 화재로 100명 이상이 사망한 사건이 있었다. 방글라데시는 현재 세계에서 중국 다음으로 큰 의류 수출국이다. 중국의 임금이 상승하면서 많은 의류 기업들이 방글라데시로 눈을 돌렸다. 중국 의류 노동자의 월 최저임금은 280달러인데 비해 방글라데시 노동자의 최저임금은 68달러로(2016년 기준),6 저렴한 가격으로 승부를 보는 스파 브랜드들에게 방글라데시는 아주 매력적인 곳이었다.

한벌에 만원도 안 하는 티셔츠, 3만원 안팎밖에 안 되는 재킷, 5,000원짜리 스카프… 이렇게 옷이 저렴할 수 있는 이유는 무엇일까? 옷이 너무 싸다보니 소비자들은 단순히 '이렇게 싸게 팔아도 남는 거면 원가는 훨씬 싸겠지'라고 생각한다. 그리고 스파 브랜드들의 가격의 비밀을 대량생산이라고 짐작한다. 하지만 단순히 대량생산을 한다고 해서 원가가 드라마틱하게 내려가는 건 아니다. 파격적인 원가 절감의 비밀은 대량생산 자체에 있다기보다는 저렴한 소재와 인건비가 낮은 나라로 눈을 돌린 데 있다.

인건비가 싼 나라에서 제품을 제작하는 것은 원가를 낮추는 손쉬운 방법 중 하나다. 문제는 클라이언트가 공장에 굉장히 많은 양을 발주하면서 상식 밖으로 싼 공임을 제시할 때 그 제안을 거절할 수 있는 공장주는 별로 없다는 것이다. 공장들은 일감을 얻기 위해 스스로 몸값을 낮추는 경쟁을 벌인다. 그리고 많은 일감을 싼값에 받아 온 공장주는 조금이라도 더 이윤을 남기기 위해서 노동자를 압박하게 된다.

스파 브랜드들은 그 '착한' 가격이 디자인, 생산, 유통, 판매의 전과정에 이르는 비용을 획기적으로 줄였기에 가능한 것이라고 말하지만, 그 이면에는 한장에 겨우 만원밖에 하지 않는 서양의 의류를 만들기 위해 열악한 조건에서 일할 수밖에 없는 저개발국가 노동자들의 피와 땀, 그리고 저렴한 임금이 있었다. 이렇듯 싼 물건의 가격에는 언제나 그 가격이 가능하도록 만든 보이지 않는 외부 비용이 결여되어 있다. 오늘날 싼값으로 트렌디한 옷을 즐긴다는 것은 다른 사람이 제공한 값싼 노동의 혜택을 누리고 있는 것이나 다름없다.

패스트 패션이 바꾼 풍경

스파 브랜드가 우후죽순 등장하기 전, 한국에서는 소위 '보세'라고 하는 의류들이 품질보다는 트렌드, 저렴한 가격을 강점으로 브랜드 의류와 경쟁해왔다. 그리고 H&M이 등장했을 때, 나는 보세와 같은 값이면 이왕이면 브랜드 옷을 사는 게 훨씬 낫다는 생각을 했다. 스파 브랜드 덕분에 브랜드 옷을 싸게 살 수 있는 기회가 열린 셈이다. 스파 브랜드의 본격적인 등장 이후 명동, 이대, 홍대 등의 상권에서 수많은 보세 옷가게들이 밀려났다. 저렴한 보세 옷들만 스파 브랜드와 경쟁해야 했던 것은 아니다. 일반 브랜드들 역시 저렴한 가격을 내세우면서도 공격적인 마케팅을 취하는 스파 브랜드들과 경쟁

구도에 놓이게 되었다. 사람들은 가격과 양, 속도로 승부하는 대형 스파 브랜드의 방식에 금방 익숙해졌고, 언제부턴가 '싼' 가격을 '착한' 가격이라고 부르기 시작했다. 이렇게 모두가 저렴한 가격에 익숙해질수록 브랜드들은 제품의 제값을 받기가 어려워졌다.

많은 기업이 저렴한 가격을 원하는 소비자의 요구에 맞추기 위해 더 낮은 공임으로 제품을 제작할 수 있는 중국, 방글라데시, 인도네시아, 베트남 등으로 생산 공장을 옮겼고, 한국에 있는 공장은 일거리가 없어졌다. 공장주들은 작은 일부터 시작해 그 자리에 가기까지 다양한 기술을 익히고 드디어 전문가가 되었지만, 꿈을 가지고 무리해서 들인 비싼 기계들을 헐값에 처분하고 결국은 문을 닫은 곳이 많다. 어떤 기계들은 더이상 다룰 수 있는 사람이 없어 폐기되거나 외국에 판매되기도 한다. 반면 스파 브랜드의 옷을 주로 만드는 나라에서는 품질이 낮고 만들기 쉬운 의류를 제작하느라 현지에 고급 기술을 가진 사람들이 사라지고 있다.[7]

내가 알던 한 신발 공장도 최근에 문을 닫았다. 또 방문할 때마다 사장님 혼자서 모든 일을 다 하는 곳들도 있다. 한때는 직원이 많았지만 이제는 정기적으로 임금을 줄 수 없을뿐더러, 일감이 너무 적어지다보니 가끔 일이 들어와도 지출을 메꾸기 급급한 경우가 많아 재단사나 다림질 전문가를 부르지 않고 사장님 혼자 모든 일을 한다. 비교적 탄탄한 다른 공장의 사장님도 미래가 걱정되기는 마찬가지다. 공장에 새로 유입되는 젊은 사람은 전혀 없는 한편, 지금 일하고 있는 오래된 기술자들은 나이 들어가고 있기 때문이다. 막연한 미래가 아니라 코앞에 닥친 걱정이다.

또다른 공장의 경우는 3~4년 전까지 20년 전 공임과 거의 차이가 없다가 최근에야 겨우 조금 올랐다고 했다. 한국도 기술자들이 가진 실력과 노동량에 비해 공임이 매우 낮은 편이라고 나는 생각하지만, 공장 사장님은 늘 사람 비싸다는 이야기를 한다. 한벌당 공임은 거의 오르지 않았는데 노동자들의 임금은 인상되었기 때문이다. 요즘에는 어떤 공장을 막론하고 성수기에도 비수기처럼 일이 없는 곳이 많다. 직접 여러 공장에 다니면서 느끼는 바다.

가끔 마트에서 장을 볼 때면 왜 국내산보다 멀리 외국에서 수입한 농산물이 더 싼지, 한국에도 당근이 많은데 왜 당근을 중국에서 수입해 와야 하는지 순수하게 신기할 때가 있다. 사실 이유야 물론 짐작이 가지만 말이다. 옷도 마찬가지다. 먼 거리를 돌고 돌아 날아온 이 옷이 왜 국내에서 만든 옷보다 훨씬 더 싼 걸까? 정말 기이한 현상이다.

외국 여행을 해본 사람이라면 외국에 가서조차 H&M, 자라, 유니클로, 코스^{COS} 등의 매장을 찾아 쇼핑을 해본 기억이 있을 것이다. 미국에 사는 친구 집에 가도, 벨기에에 사는 친구 집에 가도, 한국에 사는 친구 집에 가도 걸려 있는 내 것과 같은 옷, 전세계인의 SNS 사진 속에서 한눈에 알아볼 수 있는 우리 집에 놓인 것과 같은 이케아 조명과 소파… 내 눈에는 곳곳에 개별적으로 존재하던 개성 있는 작은 것들이 사라지고 세계가 하나로 합쳐지는 것처럼 보였다. 과연 이런 세계에서 경쟁한다는 건 누구든 넓은 시장을 대상으로 돈을 벌 수 있는 꿈의 기회일까?

디자인이든 가격이든 더 매력적인 쪽으로 소비가 이동하는 것은 시장의 자연스러운 생리다. 이런 흐름을 두고 전부 소비자 탓만 할 수는 없을 것이다. 내가 그랬듯이 많은 이들이 싼값에 물건을 살 수 있는 것을 하나의 혜택이자 소비자의 권리라고 여긴다. 그런데 모든 사람은 소비자이기 전에 한 분야의 생산자이기도 하다. 자기 노동의 값어치를 싸게 매기고 싶은 사람은 아무도 없을 것이다.

소품종 소량생산으로 컬렉션을 꾸려나가는 작은 업체들에 로컬의 건강하고 풍부한 환경은 무엇보다 중요하다. 공장 사장님들이 걱정하는 것처럼 한국에 있는 공장들과 기술자들이 모두 사라진다면, 사라지는 것은 결코 공장 하나만이 아닐 것이다. 각기 다른 개성을 가지고 자신의 목소리를 내는 작은 브랜드들은 소규모 공장들 없이 홀로 존재하기 어렵고, 그런 브랜드들이 없다면 자신만의 취향과 수준 높은 안목으로 물건을 선정해 파는 작은 편집 숍들 역시 다양하게 존재하기 힘들 것이다. 그만큼 우리의 선택지도 줄어든다.

H&M이나 자라 같은 거대 스파 브랜드들은 처음에는 얼핏 형편이 넉넉하지 않은 나도 훌륭한 디자인, 훌륭한 문화를 싼값에 누릴 수 있는 평등한 기회를 제공해주는 것 같았다. 그러나 시간이 지날수록 열악한 환경에서 제품을 만들며 낮게 책정되는 노동의 가치 때문에 한편으로는 모두가 손해 보고 있는 것은 아닐까라는 생각이 들었다. 이러한 생각은 내가 로컬에 더 관심을 가지는 계기가 되었다.

로컬의 중요성

소비자로서 로컬 브랜드의 가장 큰 매력은 글로벌 대형 브랜드에 비해 좀더 희소성이 있다는 것이다. 여기에서 말하는 희소성이란 세상에 없는 독특한 디자인이 아니다. 글로벌 브랜드보다 제품의 수가 적어 비교적 세상에 덜 깔린 옷이며, 특히 로컬에서만 쉽게 구입할 수 있는 옷이다. 꼭 특별한 디자인이 아니더라도 조금씩이나마 다른 제품들이 다양하게 존재할수록 패션의 생태계가 풍부해진다. 외국에 여행을 가서 쇼핑을 할 때 한국에서도 쉽게 구할 수 있는 브랜드의 옷이 아닌 로컬 브랜드 옷을 구입하는 것은 그 자체로 특별한 경험이 될 수 있다. 나는 그리스에 여행을 가서 현지 사람들이 직접 만든 이국적인 패턴의 드레스를 구입한 적이 있다. 그 옷을 볼 때마다 그날의 아름다운 날씨와 풍경, 그때의 기분이 떠오른다.

로컬 브랜드를 소비하는 행위는 지역경제를 지원하는 일이기도 하다. 로컬 브랜드나 로컬에서 만들어진 옷을 구입함으로써 그 옷에 연관된 다양한 업체와 사람들을 지원하게 되기 때문이다. 또 다양한 소규모 업체들은 해당 지역을 더욱 특별한 장소로 만들어준다. 예를 들어 미국 오리건주의 포틀랜드는 지역 내 다양한 소규모 업체들이 사회적·문화적으로 지역을 더욱 특별하고 건강하게 만든다고 생각해 이를 굉장히 중요하게 여기는 도시다. 포틀랜드의 슈퍼마켓에 가면 그 지역에서만 구입할 수 있는 과자, 잼, 주스 등의 식료품과 공산품이 많다. 시내에도 포틀랜드의 아티스트가 만든 도자기, 패브릭 소품 등을 판매하는 로드 숍이나 독립 서점 등을 쉽게 찾아볼 수 있다.

제작부터 유통에 이르는 전과정이 상대적으로 투명하다는 것 또한 로컬 브랜드의 장점이다. 글로벌 브랜드들이 저개발국가에서 의류를 제작하는 이유는 저렴한 임금뿐만 아니라 비용이 드는 선진국의 복잡한 규제를 피해 경제적인 효율을 높일 수 있어서다. 옷 한벌에는 너무나 많은 산업이 연결되어 있어 그 옷과 관련된 복잡한 공급망을 완벽하게 추적하기란 매우 어렵다. 현지에서 생산되는 자재로 현지에서 제작하는 제품일수록 공급 과정을 더욱 투명하게 관리할 수 있다. 로컬에서 만든 제품을 구성하는 몇몇 부자재가 수입품이라 하더라도, 수많은 단계가 각각 다른 국가의 다른 공장에서 이루어지는 제품보다는 훨씬 더 투명하게 관리된다고 할 수 있을 것이다.

로컬을 국내 생산을 넘어 다른 관점에서 생각해볼 수도 있다. 의류 회사로는 최초로 국제공정무역기구의 인증을 받은 영국의 패션 브랜드 피플 트리People Tree는 해외에서 옷을 제작하지만 해당 지역의 노동자들에게 기술을 교육하고, 공정한 임금을 지급하며, 환경에 영향을 덜 끼치는 방식으로 제품을 생산하는 것으로 해당 로컬을 지원한다. 자기들의 제품을 생산하는 로컬을 생각하는 방향이다.

환경의 측면에서 봐도 로컬의 제품을 구입하는 것이 훨씬 친환경적이다. 로컬에서 생산된 원·부자재로 로컬에서 제작할수록 더욱 그렇다. 다량의 탄소를 배출하는 항공운송 과정이 크게 줄어들기 때문이다. 우리 브랜드의 고객 중에는 인터넷으로 주문한 뒤 쇼룸에 와서 상품을 직접 찾아가는 분들이 종종 있다. 우리가 아무리 친환경 포장을 한다고 해도 그

포장조차 될 수 있는 한 줄이고 운송에서 발생하는 탄소발자국을 조금이라도 줄이기 위해서다.

물건을 생산한다는 것 자체가 이미 탄소발자국을 남기는 일이기 때문에 탄소발자국이 제로인 옷을 찾기란 사실상 불가능에 가깝다. 그래도 의류가 환경과 사회에 끼치는 다양한 영향에 대해 알고 좀더 주의를 기울인다면, 무결한 소비는 못하더라도 더 나은 소비를 할 수는 있다. 저렴한 옷을 자주 구입하기보다는 오래 입을 수 있는 옷을 가끔 구입하는 편이 더 낫다. 스파 브랜드의 옷을 사더라도 지속가능한 소재를 사용한 옷이 그렇지 않은 옷보다 더 낫다. 새 옷보다 중고 의류를 구입하는 것이 더 낫다. 수입한 옷보다 로컬의 옷을 구입하는 것이 낫고, 로컬 브랜드라도 제작까지 국내에서 한 것이 더 낫고, 원단까지 국산이라면 더욱 좋다.

생산자가 지속가능성의 기준을 어디에 두느냐에 따라 회사를 운영하는 방식이 다르듯이, 소비자로서 자신의 기준을 세워보기를 권한다. 나 같은 경우는 옷을 살 때 소재를 가장 중요하게 본다. 의류 안쪽에 있는 케어라벨을 확인하는 것은 옷에 대한 최소한의 정보를 얻는 가장 쉬운 방법이다. 그래서 케어라벨이 없는 옷은 무조건 탈락이다. 케어라벨을 보는 습관을 들여 되도록 정확하고 상세한 정보가 있는 옷을 구입하자. 옷을 사기 전에 내가 소비하려는 브랜드가 어떤 가치를 추구하는 브랜드인지 찾아보는 것도 좋다. 소비는 필연적으로 누군가에게 영향을 끼치고 누군가를 지원하는 일인 만큼 소비에도 공부가 필요하다.

패스트 패션이 환경에 끼친 영향

패스트 패션은 패션 산업의 지형 자체를 변화시켰다. 패스트 패션 브랜드들이 3~4주마다, 혹은 더 빠르게 싼 제품을 마구 뽑아내면서 유행의 속도가 매우 빨라졌다. 옷을 자주 사고 쉽게 버리는 소비문화는 패스트 패션 때문에 태어났다고 해도 과언이 아니다. 보통 1년에 봄/여름Spring/Summer, 가을/겨울Fall/Winter 두차례 진행하던 패션쇼는 이른 봄Pre-spring, 봄/여름, 리조트 또는 크루즈Resort or Cruise, 이른 가을Pre-fall, 가을/겨울, 캡슐Capsule 등 여덟차례에서 열차례 정도로 매우 세분화되었다. 컬렉션을 진행하지 않는 대부분의 브랜드들 역시 신제품 출시 횟수가 잦아졌다. 2000년 500억벌이던 세계 의류 생

산량은 2015년에는 1,000억벌로 200퍼센트나 증가했다.[8]

산업의 규모가 큰 만큼 패션이 지구온난화에 끼치는 영향도 무시할 수 없다. 패션 산업은 작물 재배, 동물 사육, 제조, 염색, 봉제, 운송, 판매 등 전반적인 과정에서 많은 탄소발자국을 남긴다. 연간 전세계 탄소 배출량의 10퍼센트를 패션 산업이 차지하는데 이는 모든 국제항공 및 해상운송을 합친 것보다 많은 양이다.[9]

물 소비의 측면에서 보면 패션은 전세계에서 두번째로 큰 산업이다. 면은 티셔츠, 청바지, 셔츠 등에 가장 흔하게 사용되는 소재인데, 면화는 재배부터 아주 많은 양의 물이 필요하다. 1킬로그램의 면을 생산하는 데는 약 2만 리터 정도의 물이 사용된다. 면 셔츠 한장을 만드는 데는 약 2,650리터의 물이 필요하다. 하루에 물을 여덟잔 마신다고 가정할 때 한 사람이 3년 6개월 동안 마실 수 있는 물의 양과 비슷하다고 한다. 또 청바지 한벌을 만들기 위해서는 약 7,580리터의 물이 필요한데 이는 한 사람이 10년 동안 마시는 물의 양이다. 우즈베키스탄에 있는 아랄해는 한때 아시아에서 네번째로 큰 호수였다. 그러나 목화 생산을 위해 이 호수의 물을 사용한 지 50년이 지난 지금은 거의 말라 기존 크기의 10분의 1 정도만 남아 있다.

물 사용만큼이나 수질오염 문제도 심각하다. 원단의 표백과 염색에는 많은 화학물질이 쓰인다. 이 공정을 거친 후 남은 물을 도랑, 개울, 강 등으로 버리면서 엄청난 수질오염을 일으킨다. 세계은행에 따르면 수질오염의 17~20퍼센트는 원단 표백이나 염색이 원인이라고 한다.

패스트 패션이 발전함에 따라 아크릴, 나일론, 폴리에스터 등 저렴한 합성섬유의 수요가 크게 증가했고, 현재 전체 의류의 약 60퍼센트가 합성섬유로 만든 제품들이다.[10] 합성섬유 중 가장 흔하게 쓰이는 폴리에스터는 생산 과정에서 면화보다 물은 적게 사용하는 반면, 화석연료를 원료로 하기 때문에 2~3배 이상의 탄소를 배출시킨다.[11] 면 티셔츠 한장의 탄소 배출량이 2.1킬로그램이라면 폴리에스터 티셔츠 한장이 내뿜는 탄소 배출량은 5.5킬로그램으로 추정된다.[12]

생산 과정뿐만 아니라 세탁이 환경에 끼치는 영향도 무시할 수 없다. 합성섬유로 만든 의류를 세탁함으로써 매년 50만 톤의 미세플라스틱이 바다로 흘러들어가는데, 이는 생수병 500억개와 맞먹는 양이다. 세계자연보전연맹은 2017년 보고서에서 바다로 흘러가는 미세플라스틱의 35퍼센트가 합성섬유의 세탁으로 인한 것이라고 추산했다.[13]

폭발적으로 증가한 면화 생산 역시 많은 문제를 일으

키고 있다. 대부분의 면화 농업은 살충제 같은 화학물질에 의존하고 있는데, 이로 인한 토양의 황폐화와 생태계 파괴가 지구온난화를 가속한다.

과잉 생산과 과잉 소비의 악순환은 인류의 소비 습관과 형태를 완전히 바꾸어 우리의 삶뿐만 아니라 지구 환경에도 엄청난 영향을 끼치고 있다.

거대한 산이 된 의류 쓰레기

옷이 귀했던 시절이 있었다. 장롱 깊숙한 곳에 자리잡은 낮고 단단한 박스 안에는 고이 접힌 고급 옷감이 들어 있었고, 가난했던 할머니 댁에는 직접 옷을 짓고 고치는 데 쓰던 검은색 철제 재봉틀이 있었다. 전기 없이도 페달을 밟아 돌릴 수 있는 아날로그 재봉틀이었다. 그렇게 먼 옛날까지 거슬러 올라갈 필요도 없다. 사실 20년 전만 생각해봐도 옷을 구입하는 것은 나에게는 아주 가끔 있는 일이었다. 용돈을 모아 좋은 옷 한벌을 샀을 때 느꼈던 기쁨이 생생하다. 그만큼 옷 하나하나에 대한 애정도 컸다.

그 시절에는 빈티지 숍에서 저렴하게 건질 수 있는 물

건 하나하나가 보석 같았다. 길거리에서 같은 옷을 입은 사람을 찾아볼 수 없는, 처음 세상에 나왔을 때는 수십 수백벌이었더라도 우여곡절을 겪고 끝까지 살아남아 나에게로 온, 나의 안목으로 찾아낸 하나뿐인 개성 있는 옷이었다. 요즘 나오는 옷들에는 흔히 쓰이지 않는 재미있는 패턴과 실루엣, 독특한 단추, 꼼꼼한 봉제와 마감, 고급 소재였다. 디자이너의 고심한 흔적은 물론, 만든 사람의 정성, 패션의 역사까지도 느낄 수 있었다. 가끔은 케어라벨에 적혀 있는 다른 나라의 언어를 보며 그 옷의 원래 주인을 상상해보기도 했다. 그렇게 입던 옷은 다시 중고로 내놓아도 내가 구입했을 때보다 크게 가치가 떨어지지 않았다.

오늘날 우리는 매년 800억벌 정도의 옷을 구입한다. 패스트 패션이 급부상하기 시작한 2000년과 2014년 사이에 의류 생산량은 2배 이상 많아지고, 2014년 의류 구매량은 15년 전과 비교해 평균 60퍼센트나 높아졌다.[14] 하지만 가계 지출에서 의류비가 차지하는 비율은 감소했다. 임금과 물가는 계속해서 상승해왔지만 옷값은 오히려 낮아졌기 때문이다. 낮은 가격은 잦은 소비를 불렀다. 오늘날 생산되는 의류의 최대 40퍼센트는 정가가 아닌 할인된 가격으로 판매된다고 한다. 아예 판매되지 않고 그대로 버려지는 옷도 많다.[15]

예전에 미국에 여행을 갔다가 큰 충격을 받았던 기억이 있다. 로스앤젤레스에는 유난히도 큰 아웃렛이 많았다. 유통기한이 임박했거나 지난 화장품, 속옷에서 운동복까지 다양한 의류와 패션 잡화, 주방 용품, 욕실 용품 등… 제품이 너무 많다보니 거기에서 나에게 딱 맞고 마음에도 쏙 드는 물건을 찾는 게 쉬운 일은 아니었지만, 종류로만 따지자면 정말 없는 게 없을 정도여서 이런 곳에서만 쇼핑하면서 살아도 물질적으로는 부족함이 없겠다는 생각이 들었다.

지금 생각하면 그곳에 있는 대형 아웃렛들은 한마디로 시장에서 매력을 잃은 멀쩡한 제품들을 모아둔 깨끗한 쓰레기장이었다. 특히 아메리칸 어패럴American Apparel의 거대한 매장은 놀라움 그 자체였다. 매장에 들어가자마자 어마어마한 매장의 크기에 놀라고, 신발, 벨트, 모자, 가방, 옷, 시계, 속옷 등 그 큰 곳을 꽉 채운 물건의 양에 놀라고, 옷의 형태만 겨우 갖춘 물건의 품질에 놀라고, 마지막으로 말도 안 되게 싼 가격에 놀랐다. 물론 한 회사가 생산한 물건을 전부 다 파는 일은 어렵겠지만, 아예 다 팔 생각이 없나 싶을 정도로 어마어마한 양의 물건들을 만들어놓고 대체 어떻게 처리하려는 것인지 궁금증이 먼저 들었다.

아메리칸 어패럴은 H&M이나 자라와 같은 스파 브랜

드와는 좀 다르다. 기본 디자인의 옷을 계속 만들어내기 때문에 새 시즌 제품이라는 것이 그렇게 의미가 있는 건 아니다. 그런데 왜 이런 옷들이 아웃렛에 있고, 똑같은 옷들이 계속 또 만들어지는 걸까? 신상품이라는 게 그렇게 가치 있는 걸까?

진짜 충격은 따로 있었다. 모자 한개를 가지고 계산대에 가자 "두개는 한개보다 더 쌉니다"라던 점원의 멘트. 모자가 한개에 5달러라면 두개는 3달러에 파는 식이었는데 쓰레기 처리를 소비자에게 떠넘긴다는 인상이 들었다. 나는 물건을 들이는 일에 꽤 신중한 편이다. 물건을 구입하면 물건에 내 공간을 내주어야 하기에 내가 원하지 않는 물건을 어쩌다 떠안게 되는 것이 싫다. 게다가 나중에 정리하고 버리는 데도 적잖은 에너지가 든다. 아무튼 이럴 때 나는 5달러를 지불하고 모자를 한개만 구매하는 쪽이지만 "괜찮습니다. 저는 5달러를 내고 하나만 살게요"라고 말하면 손해를 자초하는 것 같아 기분이 썩 좋지는 않다. 이런 경우 한개보다 싼 두개를 사는 것이 역시 현명한 소비일까?

패스트 패션 및 패션 산업의 환경오염과 인권침해를 다룬 「더 트루 코스트」(The True Cost, 2015)라는 다큐멘터리에 의하면, 직업에 종사하는 인류의 6분의 1이 어떤 형태로든 패션과 관련된 일을 하고 있다고 할 정도로 패션 산업은 엄청난 규모의 산업이다.[16] 세계 패션 시장의 가치는 3조 달러(약 3,690조원)에 달하며, 이는 세계 GDP의 약 2퍼센트에 해당한다.[17] 패스트 패션으로 인해 패션 산업이 어마어마하게 성장하며 수많은 일자리를 창출했지만 빠른 성장 뒤에는 언제나 크고 작은 문제들이 따라오기 마련이다. 패스트 패션은 빠른 성장에만 초점을 맞추며 소비를 조장하고 그뒤에 따라오는 문제들을 더욱 가속시켰다. 그리고 이제는 그 문제들이 켜켜이 쌓여 쉽게 건드릴 수 없는 거대한 산이 되었다.

그중 가장 큰 문제는 역시 쓰레기다. 쉽게 구입하고 쉽게 버려지는 저가 의류 쓰레기는 지구의 골칫거리다. 글로벌 패션 어젠다의 2017년 보고에 따르면 전세계 의류 소비량은 연간 약 6,200만 톤으로 증가했으며 2030년에는 1억 200만 톤에 이를 것으로 예상된다. 이는 5,000억장 이상의 티셔츠가 더 추가되는 것과 같은 수치다.[18] 패스트 패션의 옷은 판매된 후 1년 이내에 50퍼센트가 매립되거나 소각된다.[19]

과잉 생산은 패스트 패션 브랜드만의 문제는 아니다. 2018년 버버리Burberry가 전년도에 팔리지 않은 2,860만 파운드(약 415억원) 상당의 재고를 소각한 사실이 밝혀져 충격을 주었다. 이 사실이 알려지자 버버리는 더이상 재고를 소각하지 않겠다고 발표했지만, 많은 명품 브랜드들이 재고를 주로 소각하는 쪽을 택한다. 싸게 판매해서 브랜드 가치가 떨어지는 것보다 태워버리는 게 브랜드 이미지를 유지하는 데 훨씬 낫기 때문이다.[20]

어떤 나라보다 유행에 민감한 한국도 의류 쓰레기에 대한 책임으로부터 자유로울 수 없다. 환경부 자원순환정보시스템에 따르면 2017년에 일평균 224톤이었던 폐섬유류 규모가 2018년에는 1,239톤으로 5.5배 이상 급격히 늘어났고, 그중 67톤 정도가 매일 소각된다고 한다. 하지만 한국은 여전히 패션 산업이 유발하는 환경 유해성에 대한 별다른 기준이 없어 규제가 어렵다.[21]

옷을 버리느니 어딘가에 기부해서 재사용하거나 재활용하면 되지 않을까? 사실 아무렇게나 막 만들어진 저가 의류 중에는 재사용할 만한 가치가 없는 것이 많다. 그렇기 때문에 실제로는 우리가 기부하는 옷의 겨우 10퍼센트 정도만이 재사용되며, 처리가 곤란한 엄청난 양의 옷이 저개발국가로 보내진다. 가난한 나라로 쓰레기를 수출하는 셈이다. 한국의 경우, 옷을 처분하려고 할 때 가장 먼저 떠오르는 건 아마 의류 수거함일 것이다. 동네마다 쉽게 찾아볼 수 있는 의류 수거함은 대부분 개인사업자가 영리를 목적으로 설치한 것이다. 수거된 의류는 고물상에 넘겨지거나 수출되는데, 오직 5퍼센트의 중고 의류만 한국에서 활용되고 나머지는 모두 저개발국가로 보내진다. 이 작은 나라가 세계 5위의 중고 의류 수출국이라니 놀라운 일이다.[22] 아프리카 가나는 넘쳐나는 중고 의류 쓰레기로 가장 고통받는 나라 중 하나다.[23] 그리고 가나의 주요한 중고 의류 수입국 중 하나가 한국이다.[24]

그렇다면 의류를 완전히 해체해서 다시 새로운 섬유를 만드는 재활용은 어떨까? 이 방법도 아직은 여의치 않다. 재활용을 위해 수집된 의류 중 오직 1퍼센트 미만이 재활용에 쓰인다.[25] 한벌의 옷은 순수한 하나의 재료나 성분으로 구성되지 않기 때문이다. 의류의 직물을 재활용하기 위해서는 먼저 옷을 해체하는 작업이 필요한데, 옷에는 실이나 접착제 등의 부자재가 함께 쓰이기 때문에 해체 작업이 매우 번거롭다. 그뿐 아니라 성분 면에서도 혼방 소재들은 재활용이 어렵다. 일례로 신축성을 위해 스판덱스Spandex가 첨가된 청바지는 다시 면으로 재활용할 수 없다.

옷을 만드는 일은 결코 쉽지 않고 많은 물과 에너지가 들어가지만, 한번 만들어진 옷을 자연으로 되돌리는 일은 훨씬 더 어렵다. 지금까지 살펴본 것처럼 내가 버린 옷들이 전부 쉽게 재사용이나 재활용되어 어디에선가 다시 잘 쓰이리라는 생각은 거의 환상에 가깝다. 사실 나도 의류 수거함에 옷을 넣으면서 내 옷이 누군가에게 부담스러운 쓰레기가 될 거라고 생각해본 적은 없었다. 그래서 저개발국가에 쌓여 있는 처치 곤란의 거대한 옷 더미를 보았을 때 너무나 당황스러웠다. 많은 사람들이 '기부'라는 미명 아래 내가 안 쓰는 물건을 남에게 주어 처리하는 것을 좋은 일이라고 착각한다. 하지만 진정한 기부는 쓸 만한 물건을 원하는 사람에게 주는 것이다.

살다보면 옷을 정리할 일이 한번씩은 생기기 마련이다. 사이즈가 맞지 않거나, 유행이 지났거나, 그냥 자주 안 입게 되는 옷이거나, 너무 낡고 더러워졌다거나… 옷을 정리할 이유는 차고 넘친다. 이럴 때 조금 귀찮더라도 안 입는 옷을 그냥 버리지 말고 괜찮은 쓰임처가 있을지 한번 찾아보면 어떨까? 멀쩡한 옷이라면 트위터나 인스타그램 같은 SNS에 사진을 올려 새로운 주인을 찾아줄 수도 있다. 요즘에는 모바일로 쉽게 할 수 있는 중고 거래도 활발하다. 사진을 찍어 일일이 중고 거래 플랫폼에 올리고 사람들과 질문을 주고받고 만날 약속을 정하는 일은 어렵지는 않아도 생각보다 꽤 귀찮다. 그래서 사진을 찍다가 순간 '그냥 버려버릴까' 하는 생각이 든다. 그래도 이 귀찮은 과정을 다 이기고 결국 물건 하나하나의 새로운 주인을 찾아주고 나면 정말로 뿌듯하다.

친구들끼리 벼룩시장을 여는 것도 좋은 방법이다. 나

는 친구들이 입고 온 옷 중에 마음에 드는 옷이 있으면 나중에 안 입게 되거든 나에게 달라는 말을 농담 삼아 자주 한다. 친구들도 마찬가지다. 그게 아니더라도 친구한테 옷이 예쁘다고 칭찬을 받았을 때 기억해두었다가 자주 안 입게 되면 줄 때도 있다. 이런 식으로 서로 교환한 옷이 여러벌이다.

그보다 더 좋은 방법은 이미 가지고 있는 물건들을 버리지 않고 최대한 잘 사용하는 것이고, 가장 좋은 방법은 애초에 덜 사는 것이다. 한번 들인 물건은 책임감 있게 쓰자. 새로운 물건을 사기 전에 처분하는 일이 결코 쉽지 않다는 걸 기억하고 그 물건의 마지막을 미리 상상해본다면 불필요한 소비를 줄이는 데 도움이 될 것이다.

일회용이 되어버린 옷

예전에 사람들은 옷과 소재에 대한 기본적인 지식이 있었다. 그때는 옷이 이렇게까지 싸지 않았기 때문에 한번 살 때 오래 입을 수 있는 괜찮은 품질의 옷을 사고자 했고, 산 옷을 오랫동안 잘 유지하기 위해서 옷을 관리하는 법에 대해 공부했다. 엄마는 옷 수선이 가능한지 아닌지를 굉장히 중요하게 생각했다. 그런 이유로 어린 시절 옷을 험하게 입던 나에게 브랜드 옷을 사주었다. 놀다가 어딘가에 걸려 찢어진 옷을 매장에 맡기면 박음질로 단단하게 기워져 왔고, 난로에 닿아 구멍이 나서 맡겼던 겨울 점퍼에는 커다란 라벨이 덧대어져 돌아왔다. 사촌 언니가 입다가 작아진 옷을 나에게 물려주었고,

나에게도 작아진 옷은 다시 내 사촌 동생에게로 갔다. 언니가 입던 옷이었지만 나에게는 새로운 옷이었기에 중고 옷을 받을 때마다 늘 신이 나 환호했다. 옷을 다려 입고 수선해서 입는 것은 나에게 너무나 당연한 일이었다.

패스트 패션이 등장하면서 쓸데없이 옷에 큰돈을 쓰는 것은 과소비라는 인식이 생겨났고, 좋은 옷을 경험할 기회는 점점 줄어들었다. 많은 사람들이 더이상 옷을 관리하지 않는다. 입는 데 전혀 문제가 되지 않는 별것 아닌 흠들이 옷을 버리는 이유가 되고, 옷의 수명을 연장하기 위해 노력을 기울이기보다는 애초에 대충 입다 버릴 수 있는 옷을 택한다. 싼 옷을 사서 수선씩이나 해가며 돈을 들이기보다는 새로 사는 쪽이 비용 면에서 훨씬 경제적이다.

몇년 전 한 인터넷 커뮤니티에서 그동안 저렴한 옷에 쏟아부은 돈이 너무 아깝다는 글을 보았다. 금방 상해서 한철도 입기 어려운 옷이 대부분이고, 저렴하긴 하지만 자주 구입하게 되어 오히려 돈을 더 많이 썼다는 내용이었다. 그 밑에는 다양한 의견의 댓글이 달렸다. 그 글에 공감하는 사람도 많았지만 그래도 싸고 트렌디한 옷이 낫다는 의견이 대부분이었다. 좋은 옷 사봤자 똑같은 옷 여러번 입기도 부끄럽고 싫증난다, 귀찮게 관리하며 입을 바에는 버리는 편이 낫다, 좋은 옷은 관리가 부담스러운 데 반해 싼 옷은 버리면 되니 편하다는 이야기였다.

우리는 언젠가부터 예전에 비해 확실히 더 자주 옷을 사고, 같은 옷을 입은 내 모습을 남들에게 보여주는 걸 부끄럽게 여기게 되었다. 패스트 패션은 일반인들이 자주 새 옷을 사 입는 것을 가능하게 했다. 더불어 SNS를 통해 누구나 '인플루언서'가 될 수 있는 시대에 새로운 비주얼은 무엇보다 중요해졌다. 유튜브와 틱톡에는 하울(haul, 제품을 한꺼번에 많이 구입한 뒤 후기나 품평을 남기는 것) 영상이 넘쳐난다. 사람들은 수많은 이미지와 영상에 시시각각 노출되고 익숙한 것에 쉽게 질리며, 늘 다른 옷을 입은 남들의 모습에 자기도 모르게 영향을 받는다.

나도 같은 옷을 입은 모습을 SNS에 여러번 올리면 괜히 부끄러운 마음이 들 때가 있다. 패션 브랜드를 운영하는 입장에서는 더욱 그렇다. 제품 촬영을 하거나 스타일링을 할 때마다 늘 새로운 아이템을 구입할 수 없어 한 아이템을 여러번 활용하는데, 패션 브랜드가 되어서 예전에 다른 룩에서 몇번이나 보여주었던 아이템을 또 사용해도 되나, 계속 새로운 아이템을 제시해야 하지 않을까 하는 생각이 들 때도 많다. 하지만 우리는 앞으로도 지금과 같은 방식을 유지하기로 했다. 우리 브랜드가 추구하는 가치는 한벌의 옷을 오래 잘 입는 것이기 때문이다. 같은 티셔츠로 다른 룩 연출하기, 같은 신발을 다르게 매치하기, 옷의 가짓수를 줄이고 몇가지 옷을 잘 활용하기가 우리가 제안하는 옷 입기 방식이다.

할리우드의 배우 케이트 블란쳇은 각기 다른 공식 석상에서 같은 드레스를 착용하는 것으로 유명하다. 2014년 골든 글로브 시상식에서 입었던 아르마니Armani 드레스는 4년 후인 2018년 칸 영화제에서, 2015년 영화 「캐롤」의 런던 시사회에서 입었던 드레스는 2020년 베니스 영화제에서 다시 입었다. 2016년 영국 아카데미 영화상에서 입었던 알렉산더 맥퀸Alexander McQueen의 자수 레이스 드레스는 나중에 상의만 떼어내어 리폼해 블랙 팬츠와도 한번, 블랙 스커트와도 한번, 이렇게 총 세번이나 입고 공식 석상에 나섰다.

케이트 블란쳇의 일관성 있는 퍼포먼스는 그린 카펫 챌린지Green Carpet Challenge 운동의 일환이다. 케이트 블란쳇은 자신이 입었던 드레스를 다시 입기로 결정한 것에 대해 "쓰레기 매립지는 쿠튀르에서 티셔츠까지 마구잡이로 버려진 옷들로 가득 차 있다. 특히 오늘날의 기후위기를 생각하면 이러한 옷들을 소중히 여기지 않고 다시 입지 않는 것이 정말 어처구니없게 느껴졌다"고 말했다. 케이트 블란쳇의 스타일리스트

엘리자베스 스튜어트는 "우리는 매번 새로운 걸작을 기대하며 루브르를 방문하지 않는다. 진정한 아름다움과 예술은 지속된다"라는 말을 남겼다.[26]

멋지고 새로운 옷을 뽐내는 것은 SNS에서 새로운 놀이가 되었다. 요즘은 스타나 인플루언서뿐만 아니라 일반인들조차 한번 입었던 옷을 다시 입기 싫어하는 분위기다. 배우들이 가장 아름답게 꾸미고 등장해 주목을 받는 날, 예전에 입었던 드레스를 다시 입고 나타난 케이트 블란쳇의 모습은 오히려 더 신선하게 느껴진다.

패스트 패션, 그후

심각한 환경 문제와 더불어 패션 산업 전반에 걸친 문제점이 대두되고 있는 요즘이지만 지속가능성에 대한 외침이 무색하게 패스트 패션의 열기는 좀처럼 사그라들지 않고 있다. 이제는 패스트 패션도 모자라 그보다 더 빠른 울트라 패스트 패션이 그 뒤를 빠르게 추격 중이다.

    대형 오프라인 매장 중심이었던 기존의 패스트 패션 브랜드와는 달리 영국의 아소스나 부후Boohoo 같은 온라인 기반의 스토어들은 디자인부터 생산, 공급까지 리드 타임을 1~2주로 줄이고 가격을 더욱 낮췄다. 중국의 모바일 기반 패션 플랫폼인 쉬인Shein은 틱톡 같은 SNS를 적극 활용한 마케

팅으로 최근 미국 10대를 중심으로 엄청난 인기를 끌고 있다. 미국 내에서 아마존을 제치고 쇼핑 앱 다운로드 1위를 기록한 쉬인의 모바일 숍에는 하루에도 200개가 넘는 신상품이 쏟아진다. 티셔츠는 한장에 6달러, 미니 드레스는 9달러면 구입할 수 있으며 그보다 더 할인된 가격에 구매할 수 있는 제품도 넘쳐난다. 이 미친 속도와 양은 또 얼마나 많은 쓰레기를 만들어낼지 생각만 해도 아찔하다.

온라인, 이제는 모바일로 쇼핑 채널이 이동하면서 경쟁은 더욱 치열해졌다. 일부 플랫폼에서는 자기 전에 옷을 주문하면 아침에 받아볼 수 있는 새벽 배송 서비스를 제공하기도 한다. 식품이나 생필품을 급하게 구매하는 건 어느 정도 이해가 가지만 옷을 그렇게까지 급하게 사야 할까?

패스트 패션에 대해 쓰면서 나는 마치 옷의 홍수에 빠진 느낌이 들었다. 많은 옷 속에서 허우적대다보니 무척 피곤해졌다. 그동안 패션의 화려하고 강렬한 비주얼에 매료되어 그들이 제시하는 새로운 이미지를 진보적인 것으로 여겼었지만, 알면 알수록 이런 게 정말 멋있고 앞서가는 것일까 하는 의문이 들었다. 지금까지 많은 사람들이 인권, 환경오염, 기후 위기에 대해 말해왔지만 패션은 이제야 지속가능성에 대한 논의를 시작했다.

물건과 관계 맺기

최근에는 온갖 저렴한 물건의 러시에 모두 지치기라도 한 듯, 전세계적으로 미니멀리즘 열풍이 불었다. 비우고 버리는 삶, 물건 없이 간소하게 사는 삶이 정답이라고 말하는 콘텐츠가 넘쳐난다. 미니멀리즘의 주된 목표는 '물건으로 인한 속박에서 벗어나기'다. 많은 사람들이 미니멀리즘을 무소유라고 생각한다. 하지만 내가 생각하는 미니멀리즘은 내가 취할 것과 취하지 않을 것을 제대로 구분해서 취할 것만 잘 취하는 것, 물건의 많고 적음이라기보다는 지금으로 족한 심리적인 상태다.

　정리의 신이라 불리는 곤도 마리에는 미니멀리즘계의

스타다. 곤도 마리에가 외치는 '설레지 않으면 버려라'라는 유명한 슬로건에서 대부분의 사람들이 '버려라'에 집중하는 듯하다. 반면 나는 '설레지 않으면'이라는 말 속에 더 중요한 메시지가 있다고 생각한다. 바로 마음이다. 곤도 마리에에게 도움을 요청한 대부분의 사람들은 산처럼 쌓여버린 옷으로도 고통받고 있다. 곤도 마리에는 옷 정리에 앞서 가진 옷을 전부 한곳에 모으게 한 뒤 직접 보라고 한다. 계속 가지고 있을 것들과 버릴 것들을 정리하게 하면서, 그 옷을 만질 때 느껴지는 기분에 집중하라고 조언한다. 그리고 설렘이 느껴지는 옷을 남기라고 말한다.

곤도 마리에가 말하는 설렘이란 옷에 대한 따뜻하고 기분 좋은 감정이다. 곤도 마리에에게 정리 컨설팅을 의뢰한 사람들은 한곳에 쌓인 엄청나게 많은 옷들을 직접 눈으로 확인하고는 충격을 받기도 하고, 좋아하는 옷을 찾아 반가워하기도 하며, 완전히 잊고 있던 옷을 발견하기도 했다. 곤도 마리에는 마지막으로 설레지 않는 옷을 보내줄 때 옷에 감사를 전하며 정중히 작별 인사를 나누게 하고, 남긴 옷을 갤 때도 옷에 애정을 전달하며 고마움을 표현하라고 했다. 의뢰인들은 곤도 마리에가 시키는 대로 하며 재미있고 쑥스러운 듯 웃었다.

이것은 정리의 신이 가르쳐주는 신비로운 의식처럼도 보인다. 하지만 곤도 마리에가 이러한 행위를 통해 진정으로 가르쳐주고자 하는 바는, '물건은 소유하는 것이 아니라 관계 맺는 대상이라는 것'이 아닐까. 물건을 보고 느끼고 버리고 간직하고 감사를 전하는 행위로부터 이미 가지고 있는 물건, 혹은 앞으로 만나게 될 새로운 물건과 신중하게 관계 맺는 법을 배운다. 이때 나와 물건과의 관계에서 가장 중요한 것은 물건에 대한 애정, 아끼는 마음이다. 곤도 마리에는 사용하지 않는 물건을 무조건 버리라고 하지 않는다. 일기나 편지 등 추억이 담긴 물건을 정리할 때는 순간의 판단으로 쿨하게 처분하기보다는 '설렘을 느끼는 능력을 기른 후' 마지막에 정리하는 것을 추천한다.

이렇듯 하나의 물건을 구입하는 일이 단순한 소비가 아니라 물건에 대한 애정에서 비롯된 신중한 관계 맺기라는 걸 알았다면, 어떤 물건을 구입하기 전 나와 그 물건의 미래를 아주 진지하게 그려볼 수 있었다면, 나는 거의 입지도 않고 가지고 있어도 설레지 않는 그 많은 옷을 그저 한정판이라는 이유로, 혹은 싸다는 이유로 쉽게 들일 수 있었을까? 아마 지금 가지고 있는 옷들의 상당수가 내 수중에 들어오지 않았을 것이다.

에리히 프롬은 그의 책 『소유냐 존재냐』[27]에서 자동차를 자주 바꾸는 현대인의 소비 행태를 꼬집었다. 그는 자동차를 자주 바꾸는 사람에게 자동차 구입은 꽃을 꺾는 행위와 같은 종류의 것으로, 자동차에 대한 애정이 아니라 무엇인가 지배하고 있다는 느낌이며 신분과 자아의 상징이라고 말했다. 현대인에게 옷이란 무엇을 의미할까? 이렇게 싸고 흔해진 옷이 사람들에게 다시 귀한 애정의 대상이 될 수 있을까?

패션 소재
분류

1   식물성 소재

면(Cotton), 리넨(Linen), 마(Hemp), 라미(Lamie), 뱀부 · 대나무(Bamboo), 비스코스(Viscose), 모달(Modal), 레이온(Rayon), 텐셀™(Tencel™), 큐프라(Cupra)

2   식물 기반 합성 소재

파인애플 가죽(Pineapple leather), 버섯 가죽(Mushroom leather), 종이 가죽(Paper leather), 닥나무 가죽(Wood leather), 와인 가죽(Wine leather), 선인장 가죽(Cactus leather), 사과 가죽(Apple leather), 망고 가죽(Mango leather), 옥수수 가죽(Corn leather), 코르크(Cork)

3   합성 소재

아크릴(Acrylic), 나일론(Nylon), 엘라스테인(Elastane), 스판덱스(Spandex), 폴리에스터(Polyester), 폴리아미드(Polyamide), 폴리우레탄(Polyurethane), 폴리염화비닐(PVC), 폴리머(Polymer)

4   합성 충전재
(각 회사에서 개발한 충전재의 명칭으로 성분으로 보았을 때는 폴리에스터 등의 합성 소재다.)

웰론(Wellon), 신슐레이트™(Thinsulate™), 프리마로프트(PrimaLoft®), 서머라이트(Thermolite®)

5   동물성 소재

양모(Wool), 모헤어(Mohair), 캐시미어(Cashmere), 알파카(Alpaca), 앙고라(Angora), 낙타모(Camel), 밍크 모피(Mink), 라쿤 모피(Raccoon), 여우 모피(Fox), 토끼 모피(Rex), 오리·거위 다운(Down), 오리·거위 깃털(Feather), 소·양·염소·캥거루·악어·뱀·돼지 등의 가죽(Leather), 실크(Silk)

동물을
입는다는
것

Chapter.2

소재가 된 동물

동물성 소재라고 하면 사람들은 흔히 모피와 가죽을 먼저 떠올린다. 이제 모피는 너무 잔혹하고 지나치게 사치품이라는 인식이 자리잡기 시작했지만, 가죽에 대한 마음은 아직 훨씬 관대한 게 사실이다. 가죽 지갑을 사용하고, 가죽 구두와 가죽 운동화를 신고, 가죽 카시트에 앉아 이동하며 살아온 세월만큼이나 가죽이 없는 삶은 쉽게 상상되지 않는다. 울 코트나 울 스웨터가 없는 삶도 마찬가지다. 그런 아이템들을 모두 피한다고 해도 조그마하게 달린 가죽 라벨이라든지 소 뿔 단추 같은 장식까지 다 따지다보면 과연 살 수 있는 게 있긴 한가 싶은 생각이 든다. 캐시미어 목도리, 실크 스카프, 돈피 안창, 부분적으로 쓰인 가죽 트리밍, 겨울 점퍼 칼라에 달린 토끼털 등 주요 소재부터 장식이나 작은 디테일까지 동물성 소재는 매우 흔하게 쓰인다. 비건으로 살아가면서 매일매일 우리 일상에서 동물성 소재가 얼마나 많이 사용되고 있는지를 새삼 깨닫는다.

우리는 동물권 때문에 비건을 시작했으나, 더 공부하다 보니 동물권은 환경과도 밀접하게 연결되어 있다는 걸 알게 되었다. 이제 우리가 비건을 실천하는 이유는 동물권 때문만이 아니라 환경을 위해서이기도 하다. 이전보다 환경에 더 관심을 가지게 되었음은 물론이다.

패스트 패션으로 모든 소재의 수요가 증가함에 따라 동물성 소재의 수요도 함께 증가했다. 한쪽에서는 지속가능한 패션에 대한 관심이나 윤리적인 이유로 동물성 소재를 입지 말자는 움직임이 일어나는 한편, 다른 한쪽에서는 플라스틱 소재의 문제점 또한 크게 부각되고 있다. 모피와 가죽 업체들은 동물성 소재는 천연이기에 동물성 소재의 대체 소재인 합성섬유보다 훨씬 더 친환경적이라고 주장한다.

하지만 우리가 공부한 바로는 동물성 소재는 윤리적 문제뿐만 아니라 환경적으로도 결코 좋다고 할 수 없다. '동물'이 '천연'인 것과 별개로 동물을 입을 수 있는 소재로 만드는 복잡다단한 과정은 결코 '천연'이 될 수 없기 때문이다. 모피와 가죽뿐만 아니라 양모, 캐시미어, 충전재로 쓰이는 오리털과 거위털, 실크 등 다양한 동물성 소재들이 고급 자연 소재로 분류된다. 하지만 동물성 소재가 만들어지는 과정과 그 과정에 연결된 문제에 대해 알고 난 후 이 소재들을 과연 좋은 자연 소재라고 말할 수 있을지 깊은 의문이 들었다.

모피는 더이상 모던하지 않다

나는 '모피' 하면 돌아가신 할머니의 머플러가 가장 먼저 생각난다. 머리까지 통째로 달린 족제비 머플러로 목에 두른 후 입 부분에 있는 집게로 고정할 수 있는 형태였다. 족제비의 머리는 작고 단단했고 몸통부터 꼬리까지의 털은 매우 부드러웠다. 무섭고 징그럽다는 생각이 들기도 했지만 신기하기도 해서 할머니 집에 갈 때마다 살펴보고 만져보고 했던 기억이 난다. 족제비 머플러는 작은 집에서 평생을 검소하게 사신 할머니가 가진 유일한 사치재였다. 아마도 자식 중 하나가 비싼 모피 코트는 차마 사주지 못하고 그 대신 좋은 머플러를 선물한 것일 테다. 추운 겨울날 교회에 갈 때면 할머니는 늘 그 머플러를 꺼냈다. 검소하지만 단정하게 차려입고 마지막으로 부드럽고 윤이 나는 머플러를 두른 할머니는 다른 날보다 더 빛나고 당당해 보였다.

아무나 가질 수 없는 귀하고 비싼 것, 어른들의 것으로만 느껴졌던 모피의 이미지가 처음 깨진 건 대학생 때였다. 유난히도 멋 내는 것을 좋아하던 한 친구가 매일 토끼 코트, 토끼 코트 노래를 부르더니 드디어 어느 날 학교에 토끼 코트를 입고 나타났다. 친구가 입은 모피 코트는 결코 내 머릿속 모피의 이미지인 럭셔리하고 나이 들어 보이는 디자인이 아니었다. 허리에서 끊어지는 짧은 길이의 귀여운 재킷이었다. 가격은 60만원 정도라고 했던 것 같다. 브랜드 제품도 아니고 마감이 훌륭하지도 않았지만 진짜 모피를 싸게 구입했다는 생각에 친구는 한껏 신이 나 있었다.

또다른 친구는 겨울 점퍼의 후드에 달린 진짜 털에 집착했다. 아무리 예쁘고 비싼 옷이라도 후드에 가짜 털이 달리면 옷이 후져 보인다고 했다. 그 친구는 라쿤 털만 인정했고, 그 이야기를 들으며 나도 '진짜 털이 좋긴 좋지' 하고 생각했던 것 같다. 이제 모피 코트를 사 입는 사람은 줄었지만, 아직도 많은 사람들이 부분적으로 퍼가 트리밍되어 있는 옷이나 내피가 털로 된 장갑, 털 장식이 달린 열쇠고리 같은 액세서리는 하나쯤 가지고 있을 것이다.

모피와 가죽은 유사 이래 가장 오래된 소재 중 하나다. 네안데르탈인과 호모사피엔스는 가죽을 다듬는 기술을 체득해 옷을 만들어 입은 최초의 인류였다.[1] 사냥해서 먹고 남은 동물의 피부를 걸쳐 외부로부터 신체를 보호하는 것이 옷의 역할이었다. 특히 모피는 모피 동물 사냥이 쉽지 않아 아무나 가질 수 없기 때문에 매우 귀했고, 단순한 소재를 넘어 신분과 권력을 상징하게 되었다. 그렇게 모피는 많은 이들에게 선망의 대상이었고, 인간의 역사가 발전하면서도 모피는 계속 이러한 지위를 지켰다.

1580년대 프랑스에서 비버 모자가 유행하면서 16세기 후반에서 19세기 중반까지 마구잡이 사냥으로 비버가 거의 멸종에 이르렀고, 비버를 잡기가 힘들어지면서부터 물개, 검은 여우 등 부드러운 털을 가진 다른 동물들을 잡기 시작했다. 그럴수록 모피는 더욱 희소가치를 지니게 되었다. 모피는 물자 부족에 시달리던 제2차 세계대전 때 잠시 인기가 주춤했지만 이후 유럽을 중심으로 다시금 부의 상징으로 각광받으며 럭셔리 패션 아이템으로 자리잡았다.[2]

누구나 비교적 쉽게 모피를 입을 수 있게 된 것은 모피용 야생동물의 멸종을 막기 위한 대안으로 밍크와 여우 등의 동물을 사육하기 시작하면서부터다. 농장 사육으로 모피를 구하는 일은 더이상 예전처럼 어려운 일이 아니게 되었고 가격 또한 상당히 낮아졌다. 여전히 수천만원을 호가하는 모피도 존재하지만, 인터넷에서 20만원대에도 구할 수 있다. 모피는 누구나 쉽게 접근 가능한 가격과 캐주얼한 디자인, 장식이나 액세서리로 대중화되어갔다.

하지만 모피에 대한 이미지는 점점 나빠지고 있다. 모피가 더이상 멋있지 않게 된 것은 흔해져서라기보다는 페타PETA, 퍼 프리 얼라이언스Fur Free Alliance, 휴메인 소사이어티 Humane Society 같은 동물권 단체들의 노력 덕분이다.

특히 페타는 패션쇼마다 훼방을 놓으며 모피의 잔혹함에 대해 꾸준히 알렸다. 페타는 특정 디자이너를 타깃으로 정하고 압력을 가하는 것으로 유명하다. 일례로 마이클 코어스 Michael Kors는 더이상 모피를 사용하지 않겠다고 발표한 2017년 겨울 이전 약 1년간 페타의 운동을 지지하는 수많은 사람들로부터 15만통 이상의 항의 이메일을 받았다.[3] 2018년 모피 사용을 중단하겠다고 한 버버리의 발표 뒤에도 페타가 10년 넘게 이어온 캠페인이 있었다. 페타는 2007년 버버리 연례 주주 총회에 참석하기 위해 회사의 주주가 되기까지 했다.[4]

나도 어느 동물권 단체가 공개한 유튜브 영상 덕분에

처음으로 모피의 진실을 알게 되었다. 캐나다 바다의 얼음 위에서 사람들이 살아 있는 물개를 몽둥이로 때려 기절시키고 있었다. 그다음 기절한 물개의 가죽을 능숙한 솜씨로 한번에 벗겨낸 후 물개를 바닥에 던졌다. 빨간 물개가 점점 쌓여갔고, 기절했던 물개들은 잠시 후 고통 속에 깨어났다. 차마 눈 뜨고 보기 힘든 광경이었다. 당장 인터넷에 '모피 만드는 과정'을 검색해보면 많은 영상과 이미지가 나온다. 대부분 전기충격을 가하거나 몽둥이로 때려 기절시킨 뒤 산 채로 가죽을 벗긴다. 산 채로 벗겨야 가죽이 부드럽기 때문이다. 길거리에서 파는 방울 액세서리나 반려동물의 장난감 등 저렴하게 판매되는 모피 중에는 출처를 알 수 없는 경우가 굉장히 많은데, 믿고 싶지 않겠지만 대부분은 중국에서 개와 고양이 털로 만든 것들이다.[5]

많은 이들이 이런 잔인한 진실을 알고 싶어하지 않는다. 동물들이 처한 실상을 알리는 데 굳이 잔인한 묘사가 필요한가 반문하는 사람도 많다. 진실을 바로 알고 행동을 바꾸기보다는 모르고 마음 편한 지금을 유지하고 싶어한다. 하지만 이러한 실상을 알리는 이들이 없다면 동물들의 고통은 누가 알아줄까. 이 세상에서 벌어지지 않는 일인 것처럼 보이지 않는 곳에서 조용히 다루어져 우리의 마음만 편하면 그만일까?

내가 그 영상을 보지 않았더라면 나는 아마 그후로도 오랫동안 모피에 대해 경각심을 전혀 느끼지 않았을지도 모른다.

　　여러 동물권 단체들의 노력 덕분에 이제는 많은 사람들이 모피의 잔혹함에 대해 알고 있다. 모피를 입을 때 너무 천박하고 사치스러워 보이지 않을까 오히려 눈치를 보는 추세다. 게다가 2017년 구찌^{Gucci} CEO인 마르코 비자리가 "퍼는 더이상 모던하지 않다"고 말하며 퍼 프리^{Fur free}(이때 모피의 범위에는 밍크, 코요테, 흑담비, 여우, 사향쥐, 토끼, 너구리 등 동물의 피부와 함께 벗겨 만든 것만 속하고, 양모, 염소, 알파카 등은 포함되지 않는다)를 선언한 이후로 모피는 낡은 생각을 의미하는 촌스러운 소재가 되었다. 패션에서 촌스러움은 곧 죽음을 의미한다. 당시 가장 잘나가던 구찌가 모피를 촌스러운 것으로 만들어버린 이상, 어떤 브랜드도 이 발언에 전혀 신경쓰지 않기란 어려워졌다.

모피가 천연 소재라는 환상

더이상 모피를 사용하지 않겠다는 브랜드들의 선언이 이어지면서 모피는 이제 퇴행하는 산업이 되어가고 있다. 이에 맞선 모피 업계의 반발은 거세다. 모피 업계는 나일론이나 폴리에스터 같은 합성섬유로 만든 인조모피는 생분해되지 않고 만들 때 에너지가 많이 드는 데 비해 진짜 모피는 '친환경적이고, 자연적이고, 재생가능하고 지속가능한 자원이며, 최근의 농장들은 동물의 복지 또한 고려한다'고 주장한다. 하기야 언뜻 생각하기에 동물권은 그렇다 치더라도, 인조모피는 합성섬유이기 때문에 진짜 모피보다 환경에 더 나쁘지 않을까 싶기도 하다. 실제로 가짜 모피는 분해되기까지 수백년이

걸리는 아크릴이나 나일론, 폴리에스테르와 같은 플라스틱 섬유로 만들어지며 오염물질을 남긴다.[6]

하지만 동물의 모피 역시 천연이라고 하기에는 너무 많은 화학 처리를 거친 소재다. 죽은 동물의 피부는 바로 부패가 시작되기 때문에 절대 그대로 쓸 수 없다. 따라서 부패하지 않고 소재로 사용할 수 있도록 피부에 화학 처리를 해야 하는데, 이때 쓰이는 주요 물질인 폼알데하이드와 크롬은 백혈병과 암을 유발하는 위험물질이다.

에너지 측면에서 봐도 모피는 전혀 친환경적이라고 할 수 없다. 인조모피를 만드는 데 들어가는 석유와 에너지, 생분해되지 않는 소재로 인해 발생하는 많은 환경적 비용에도 불구하고, 동물성 모피를 만드는 데 드는 에너지는 인조모피의 약 15배나 되기 때문이다. 공장식 축산업 시스템을 떠올리면 이해가 빠르다. 모피 생산은 땅을 개간하고 동물을 사육하는 것부터가 시작이다. 모피 농장들은 식용 가축 농장들과 마찬가지로 환경과 동물을 고려하기보다 이윤을 극대화할 수 있도록 만들어졌는데, 오늘날 전체 모피 중 80~85퍼센트 정도가 공장식 농장에서 생산된다.[7]

밍크는 자연 수명이 10년 정도지만 오직 소재로 만들기 위해 태어난 지 약 6개월 만에 죽임을 당한다. 1킬로그램의 밍크 퍼를 만들기 위해서는 열한마리 이상의 밍크가 필요하고, 밍크 한마리는 살아 있는 동안 약 50킬로그램의 사료를 먹는다. 모피 1킬로그램당 약 550킬로그램 이상의 사료가 필요한 셈이다. 밍크 사료의 주재료는 닭과 어류다. 그렇기 때문에 다량의 사료 사용은 해양동물의 개체 수를 위협하기도 한다. 그밖에 방충, 사료 운반, 배설물 운반, 시설 유지, 항생제, 도살, 세척, 가공, 농장에서 제조 업체와 공장으로 운반할 때 필요한 에너지, 냉장 보관하는 데 드는 에너지 등을 고려할 때, 환경에 끼치는 영향 또한 인조모피 제작에 비해 10배 정도 높다고 예측된다. 이 모든 시스템이 화석연료에 의존하기는 마찬가지다. 만약 밍크코트의 수명이 인조모피 코트의 5배라고 가정하더라도, 밍크코트 한벌이 끼치는 환경적 영향은 인조 코트보다 최소 3배가 높다.[8]

미국 워싱턴주의 한 밍크 농장은 하천을 오염시킨 혐의로 기소된 적이 있는데, 당시 물에서는 밍크의 대변에서 나온 대장균이 법적 기준보다 240배 높게 측정되었다. 최대 모피 생산국 중 하나인 덴마크에서는 매년 약 3.6톤 이상의 암모니아가 대기 중으로 방출된다.[9] 모피 농장에서 방출된 암모니아는 숲의 토양을 통해 식물에 직접적인 영향을 미침으로써 숲에도 피해를 주는 것으로 드러났다.[10]

모피는 생태계를 교란하기도 한다. 1950년대 모피 생산을 위해 아일랜드로 유입된 아메리카밍크는 농장에서 탈출하거나 버려져 아일랜드의 생태계에 혼란을 가져왔다.[11] 일본에는 한때 4,000여곳의 모피 농장이 있었지만, 농장에서 도주한 아메리카밍크가 야생에서 번식해 생태계에 막대한 피해를 끼친 것이 밝혀진 후 2006년부터 아메리카밍크를 외래 생물로 지정해 법적으로 사육을 금지했다. 일본의 마지막 모피 농장은 2016년 11월에 폐쇄되었다.[12]

2020년 11월에는 덴마크 정부에서 자국 내의 밍크 1,700만마리의 살처분을 권고하는 일이 있었다. 밍크 농장에서 코로나19의 변종 바이러스 감염자가 나타났기 때문이다. 덴마크 정부는 밍크를 공중보건에 대한 위협이라고 선언했다.[13] 덴마크 하면 북유럽의 깨끗한 자연과 세련된 건축물이 가장 먼저 떠오르겠지만, 수도 코펜하겐은 현재 전세계에서 가장 대규모의 모피 경매가 열리는 곳이기도 하다. 밍크에서 인간으로의 코로나19 바이러스 전파가 처음으로 기록된 네덜란드에서도 약 150만마리의 밍크를 도살했으며 2020년부터 2024년까지 밍크 양식을 금지하도록 했다.[14]

케링 그룹Kering Group은 2021년 구찌, 발렌시아가Balenciaga, 생로랑Saint Laurent, 알렉산더 맥퀸 등 소유하고 있는 모든 브랜드에서 모피 사용을 금지한다고 밝혔다. 모피를 사용하지 않는 브랜드들이 계속해서 늘어나고 있지만, 모피 없는 세상은 당장 지금의 현실과는 거리가 멀다. 덴마크의 연간 모피 생산량은 1990년 이래 계속 증가했다. 덴마크에서 사육되는 밍크의 개체 수는 2018년 1,700~1,800만 마리에 달해 거의 2배 가까이 늘어났으며, 2019년에는 1,300만 마리로 감소했다. 그렇다고 해도 1990년대 초반의 생산량을 훨씬 웃도는 수치다.[15] 모피는 아직도 누군가에게는 부의 상징이자 패셔너블한 소재다.

　물론 합성섬유가 환경적으로 좋은 소재라고 할 수는 없다. 하지만 모피는 '천연'이라는 이름 뒤에 숨어 동물을 학대, 착취하고, 인간과 지구 환경에까지 치명적인 영향을 끼치고 있다. 모피의 사용이 점점 줄어드는 것은 어쩌면 당연한 일이 아닐까?

가죽은 육식 산업의 부산물일까

지금은 가죽 제품이 너무나 흔한 시대지만, 사람들은 아직도 가죽을 정말 사랑한다. 터프, 내추럴, 클래식, 섹시, 럭셔리… 패션은 가죽이 주는 다양한 이미지에 열광한다. 브랜드들과 기업들의 모피 제작과 판매 중단 선언이 계속 이어지고, 가죽을 사용하지 않으려는 소비자들도 조금씩 늘어나고 있지만 가죽의 인기는 여전하다.

가죽은 우리 생활 속에 아주 깊이 들어와 있는 친숙한 소재이기도 하다. 가죽 재킷이나 바지, 스커트는 없더라도, 가죽으로 만든 가방, 지갑, 신발, 벨트, 시계 같은 아이템 하나 없는 사람은 거의 없을 것이다. 이러한 패션 아이템뿐만 아니라

마우스 패드나 휴대폰 케이스, 안경이나 이어폰 등을 보관하는 각종 케이스들과 소파, 침대, 카시트 등의 가구나 인테리어 소품까지 일상 속에서 가죽으로 만든 제품을 매우 흔하게 볼 수 있다. 그렇기 때문에 이 당연한 소재에 대해 의문을 갖기란 쉽지 않다. 윤리적·환경적 이유로 모피를 소비하지 말아야 한다는 데 공감하는 사람들도 가죽에 대해서는 훨씬 너그럽다. 심지어 채식을 하는 사람들조차 가죽 제품은 그냥 소비하는 경우가 많고 나도 그중 하나였다. 가죽이 너무 많은 곳에 쓰이는 만큼 완전히 피하기는 힘든 필수 소재라는 생각 때문이었다.

많은 사람들이 가죽은 육식 산업의 부산물이라는 인식을 가지고 있다. 모피 동물은 오직 털을 얻기 위해 사육되지만, 가죽은 축산업과 낙농업의 결과로 덤으로 얻는다고 생각한다. 어차피 먹기 위해 도살되는 동물의 피부는 소비하지 않으면 아깝게 버려지는 것이니 가죽까지 사용하는 것이 훨씬 경제적이지 않을까? 몇년 전 채식주의자가 되었다는 미국의 패션 디자이너 톰 포드 또한 자신이 고기를 먹든 안 먹든 간에 다른 사람들은 고기를 먹기 때문에, 오직 소재를 위해 사육되고 도살되는 동물이 아닌 육식의 부산물로 얻어지는 가죽과 모피를 사용하는 것은 매우 의식 있는 일이라고 여겼다.[16] 정말 그럴까?

사실 가죽을 축산업의 '부산물'이라고만 볼 수 있을지 의문이다. 심장 같은 장기를 비롯해 발굽, 지방, 뼈, 혈액 등 고기가 아닌 다른 것들로 얻을 수 있는 수익은 수소로 얻을 수 있는 전체 수익의 10퍼센트 이상을 차지하며, 그중 절반을 가죽이 차지한다.[17] 축산업계가 가죽으로 상당한 이익을 얻는 만큼 가죽은 축산업의 부산물이 아니라 육류와 함께 축산업에 포함된 또 하나의 제품이라고 보는 것이 맞다.

여기에 가죽을 과연 육식 산업의 부산물이라고 봐야 할지 고민에 빠져들게 하는 예가 있다. 호주에서는 우유를 생산하지 못해 낙농업적으로 가치가 떨어지는 수송아지들은 흠 없는 송아지 가죽calf skin을 얻기 위해 밖으로 내보내지 않고 전문 사육 시설 안에서만 특별히 키운다. 송아지 가죽은 태어난 지 6개월 미만의 송아지를 도살해 만드는데, 이 경우 축산업은 고기와 우유보다 고급 가죽을 얻는 데 초점이 맞춰져 있다.[18] 또한 어미 소의 배 속에서 6개월 정도 된 태아 소를 꺼내 만드는 송치 가죽도 결코 육식 산업의 부산물이라고 말할 수 없다. 아이러니하게도 수년간 목초지에서 바람을 맞으며 비교적 건강하게 살다 도축된 소의 피부는 여러 흠집으로 인해 가죽 상품으로서는 가치가 떨어진다.[19] 동물 복지가 가죽에는 최악인 셈이다.

패스트 패션이든 플라스틱 섬유든, 패션 산업이 환경에 끼친 일들의 참혹함에 대해 아무리 말한다고 해도, 그 어떤 환경오염의 원인도 육식 산업을 이길 수는 없다. 지구온난화의 가장 큰 주범이 바로 공장식 축산업이기 때문이다. 2013년 유엔식량농업기구에서 펴낸 보고서 『가축을 통한 기후변화 대응』*Tackling Climate Change through Livestock*에 따르면 연간 온실가스 배출량 중 14.5퍼센트를 축산업이 차지한다. 이는 자동차, 비행기 등 전세계에 있는 모든 교통수단에서 배출된 온실가스보다 높은 수준이다. 특히 소가 지구온난화에 끼치는 영향은 엄청나다. 유엔기후변화협약에 따르면 지구상에 있는 소를 하나의 '나라'라고 친다면, 소가 중국과 미국에 이어 온실가스를 세번째로 많이 배출하는 나라라고 할 수 있을 정도다.

전세계 가죽 생산량은 소가죽이 67퍼센트, 양가죽이 12퍼센트, 돼지가죽이 11퍼센트, 염소가죽이 10퍼센트, 그밖에 사슴, 도마뱀, 뱀, 악어 같은 나머지 가죽이 0.5퍼센트를 차지한다고 추정된다.[20] 대부분이 육식으로 소비되는 동물들이다.

이렇게 가죽 산업은 육식과 긴밀하게 연관되어 있다. 따라서 가죽 제품을 구입하는 것은 육류를 소비하는 것과 마찬가지로 축산업을 지원하는 일이다. 반대로 가죽 제품을 구입하지 않는다면 축산업계의 이익은 감소할 것이다. 친환경적이고 품질이 높은 대체 가죽이 나올수록, 비건 제품을 찾는 소비자가 많아질수록, 축산업자들의 마음은 초조해진다.

육식이 기후변화를 앞당기고 있다는 사실을 이해한다면 가죽 산업의 문제를 결코 외면할 수 없다.

가죽은 털을 제거한 모피다

모피와 마찬가지로 가죽에는 늘 천연 소재라는 수식어가 붙는다. 많은 이들이 가죽과 모피는 다르다 믿고 있다. 결론부터 이야기하자면 이 한마디로 정리할 수 있을 것 같다. "가죽은 털을 제거한 모피다." 가죽을 만드는 공정은 모피를 만드는 공정과 크게 다르지 않다는 뜻이다.

앞서 이야기했듯이 동물의 피부는 자연 상태 그대로는 절대 사용할 수 없기 때문에 소재로 만들기 위해서는 많은 화학 처리를 해야 한다. 가죽을 만들 때는 태닝(tanning, 무두질)이라는 공정을 거친다. 동물의 피부에서 살, 지방, 털을 제거하고, 가죽에 유연성과 내구성을 더하고, 쉽게 부패하지 않도록 화학 처리를 하고 다듬는 공정이다. 이 과정에서 가죽도 모피처럼 크롬, 납, 비소, 코발트, 아연 등의 독성 화학물질을 사용한다. 제혁 산업에서 가장 위험한 부분은 크롬을 다루는 것이다. 크롬은 인간에게 흡수되는 방법에 따라 폐암, 비강암, 천식, 기관지염, 후두염, 호흡기 질환, 피부염 등 무수히 많은 질병을 일으킨다. 동물 가죽에 식물성 물질로 태닝을 한 베지터블 가죽이라는 것도 있지만, 전체 가죽의 85퍼센트는 크롬 태닝을 한다.

이러한 위험성 때문에 유럽의 많은 국가들과 미국은 가죽 가공을 점차 중단하는 추세다. 현재 태닝은 대부분 중국이나 인도, 방글라데시와 같은 저개발국가에서 이루어지고 있다. 이런 나라에서 태닝을 할 때 문제는 더욱 심각해진다. 이 나라들은 노동과 환경에 대한 기준이 매우 느슨하고, 오염물질을 처리할 자본과 기술이 부족하기 때문이다. 현재 크롬은 첨단기술을 적용한다면 회수하여 재사용하는 방식으로 오염을 94퍼센트까지 감소시킬 수 있지만(오염물질을 완전히 회수하는 것은 불가능하다), 저개발국가에는 이와 같은 시설이 거의 없다.

중국 다음으로 제혁 산업이 발달한 곳은 인도다. 소를 신성시하는 나라가 가장 큰 소가죽 생산국 중 하나라니 아이러니하다. 인도의 칸푸르는 400개에 가까운 제혁소가 모여 있는 가죽 생산 집결지다. 2003년 이곳에서 하루에 22톤 이상의 태닝 폐수를 매일 갠지스강으로 배출했다.[21] 강으로 유입된 독성물질들은 강을 오염시키는 것뿐만 아니라 토양과 지하수에도 스며들어 지역의 작물과 채소에 치명적인 영향을 미치는 것으로 밝혀졌다. 독성물질은 제혁소에서 일하는 노동자들의 건강을 직접적으로 위협하지만 노동자들은 생계 때문에 어쩔 수 없이 노동환경을 받아들인다.[22] 지역 제혁소 노동조합의 대표인 압둘 말렉은 "가죽은 전세계의 명품 브랜드들을 위해 생산되지만, 아무도 그것을 만드는 이들의 건강과 안전을 돌보지 않는다"고 말했다.[23]

방글라데시 수도 다카의 하자리바그 인근 지역에도 태닝 공장이 모여 있는데, 이 지역은 2013년 지구 전체에서 가장 독성이 강하고 오염이 심한 곳 중 하나로 평가되기도 했다. 방글라데시에서 가죽은 매년 6억 달러의 수출을 창출하는 산업이지만 그 이면에는 노동자의 건강이나 환경오염 등의 문제가 심각하다.[24]

가죽이 발생시키는 환경오염에는 가공되지 않은 채 버려지는 고체 쓰레기 문제도 있다. 이동 중 부패되거나 불량으로 분류된 가죽의 70퍼센트는 털, 지방, 고깃덩어리 등과 함께 고체 쓰레기로 버려지는데 이러한 폐기물 역시 땅과 물을 오염시키는 큰 요인이다. 동물의 피부는 탄저균의 번식지이기도 하다.[25]

　　하나의 소재가 만들어지기까지의 복잡한 과정을 우리가 전부 다 알 수는 없다. 하지만 가죽이 원래부터 소재가 아니라 살아 있는 동물이었다는 명백한 사실과, 가죽을 만드는 과정이 환경과 사람에 끼치는 영향을 기억한다면 가죽 가방과 가죽 신발이 앞으로는 다르게 보이지 않을까?

퍼 프리를
선언하다

1
퍼 프리 선언 브랜드,
기업, 온·오프라인 유통점

3.1 필립 림	3.1 Phillip Lim	마쥬	Maje
가니	Ganni	멀버리	Mulberry
간트	Gant	메이시스	Macy's
게스	Guess, Inc.	메종 마르지엘라	Maison Margiela
구찌	Gucci	몽클레르	Moncler
나이키	Nike	무스너클	Moose Knuckles
나인웨스트	Nine West	미스 셀프리지	Miss Selfridge
나파피리	Napapijri	미스터 포터	Mr. Porter
네타포르테	Net-A-Porter	미우미우	Miu Miu
노드스트롬	Nordstrom	바나나 리퍼블릭	Banana Republic
노스페이스	The North Face	반스	Vans
노티카	Nautica	발렌시아가	Balenciaga
니만 마커스	Neiman Marcus	발렌티노	Valentino
다이앤 본 퍼스텐버그	Diane von Furstenberg	버그도르프 굿맨	Bergdorf Goodman
더아웃넷	The Outnet	버버리	Burberry
도나 카란	Donna Karan	버튼	Burton
돌체앤가바나	Dolce&Gabbana	베네통	Benetton
디젤	Diesel	베르사체	Versace
라코스테	Lacoste	보테가 베네타	Bottega Veneta
랄프 로렌	Ralph Lauren	블루밍데일스	Bloomingdale's
랭글러	Wrangler	비비안 웨스트우드	Vivienne Westwood
레베카 테일러	Rebecca Taylor	빅토리아 베컴	Victoria Beckham
룰루레몬	lululemon	빅토리아 시크릿	Victoria's Secret
리	Lee	삭스 피프스 애비뉴	Saks Fifth Avenue
리바이스	Levi's	산드로	Sandro
마이클 코어스	Michael Kors	생로랑	Saint Laurent
마이테레사	Mytheresa	샤넬	Chanel

스텔라 맥카트니	Stella McCartney	칼 라거펠트	Karl Lagerfeld
시슬리	Sisley	칼하트	Carhartt
씨앤씨 캘리포니아	C&C California	캐나다구스	Canada Goose
아르마니	Armani	캘빈클라인	Calvin Klein
아메리칸 어패럴	American Apparel	컨버스	Converse, Inc.
아메리칸 이글	American Eagle	컬럼비아 스포츠웨어	Columbia Sportswear
아베크롬비 앤 피치	Abercrombie & Fitch	케네스 콜	Kenneth Cole
아소스	ASOS	케링	Kering
알렉산더 맥퀸	Alexander McQueen	코치	Coach
앤클라인	Anne Klein New York	콜한	Cole Haan
앨리스 앤 올리비아	Alice and Olivia	퀵실버	Quiksilver, Inc.
어반아웃피터스	Urban Outfitters	클럽 모나코	Club Monaco
엄브로	Umbro	클로디 피에로	Claudie Pierlot
에어리	Aerie	타깃	Target
에이치앤엠	H&M	타미힐피거	Tommy Hilfiger
오스카 드 라 렌타	Oscar de la Renta	탐스	TOMS
오클리	Oakley	테드 베이커	Ted Baker
올드 네이비	Old Navy	토리버치	Tory Burch
월마트	Walmart	톰 브라운	Thom Browne
유니클로	Uniqlo	톱숍	Topshop
육스닷컴	Yoox.com	트루 릴리전	True Religion
이스트팩	Eastpak	티비	Tibi
입생로랑	Yves Saint Laurent	팀버랜드	Timberland
자딕앤볼테르	Zadig&Voltaire	파타고니아	Patagonia
자라	Zara	파페치	Farfetch
잔스포츠	JanSport	포에버 21	Forever 21
제냐	Zegna	풋라커	Foot Locker
제옥스	Geox	프라다	Prada
제이씨페니	JCPenney	프리 피플	Free People
제이크루	J.Crew	피엘라벤	Fjallraven
쥬시 꾸뛰르	Juicy Couture	피지에이 투어	PGA Tour
지스타 로우	G-Star Raw	훌라	Furla
카렌 워커	Karen Walker	휴고 보스	HUGO BOSS

2 퍼 프리 패션쇼

런던 패션 위크	London Fashion Week
스톡홀름 패션 위크	Stockholm Fashion Week
헬싱키 패션 위크	Helsinki Fashion Week

3 퍼 프리 잡지

엘르 매거진	Elle magazine
인스타일 매거진	InStyle magazine

4 모피 판매를 금지한 나라와 도시

로스앤젤레스	Los Angeles, US
버클리	Berkeley, US
샌프란시스코	San Francisco, US
웨스트할리우드	West Hollywood, US
이스라엘	Israel
캘리포니아	California, US

출처
www.humanesociety.org/fur-free-fashion
furfreeretailer.com/
www.furfreealliance.com/fur-bans/

'정성스러운 사육' 속 악어의 삶

전체 가죽 중에서 0.5퍼센트 미만을 차지하는 악어, 도마뱀, 뱀, 가오리, 타조, 상어 가죽 등의 특수 피혁을 이그조틱 가죽exotic leather이라고 부른다. 개체 수가 많지 않은 희귀 동물로 만들기 때문에 이그조틱 가죽은 주로 하이엔드 브랜드에서 사용된다.

　이그조틱 가죽 중 가장 많이 사용되는 악어는 무분별한 대규모 사냥으로 개체 수가 급격히 감소했고, 1975년 야생동물의 국제 거래에 관한 규제가 생기면서부터 농장에서 체계적으로 길러지기 시작했다. 일부 명품 기업들은 직접 악어 농장을 운영하기도 한다.

페타는 명품 브랜드에 악어가죽을 공급하는 농장에서 벌어지는 동물학대 및 착취 영상을 폭로해왔다. 영상에는 콘크리트 수조에 빈 공간 없이 꽉 차 있는 악어들과 거꾸로 매달려 산 채로 가죽이 벗겨지는 악어 등 충격적인 장면이 담겨 있다. 영상이 공개된 후 명품 브랜드들은 '좋은 환경에서 인도적인 방법으로 길러진 악어가죽을 사용한다'고 해명했다. 영국의 배우이자 가수인 제인 버킨은 악어가죽의 제조 공정에 대한 국제 기준이 마련되기 전까지 자신의 이름을 딴 버킨백의 이름을 바꾸어달라는 성명을 발표했지만 에르메스Hermès는 버킨의 요구를 묵살하고 있다. 버킨백은 여전히 웨이팅 리스트에 이름을 올린다고 해도 구매하기 어려운 인기 아이템이다.

악어 농장이 많은 호주의 노던테리토리 주정부가 글로벌 회계법인 어니스트 앤드 영에 의뢰한 2017년 보고서에 따르면 악어 양식 산업은 연간 1억 600만 달러의 경제 가치가 있다고 추정된다. 노던테리토리에 위치한 악어가죽 업체들은 허가를 받아 야생에서 수집한 악어의 알을 부화시키며, 어린 악어는 스트레스를 최소화하는 환경에서 피부를 보호하며 자란다고 이야기한다.[26] 여기에서 피부를 보호한다는 의미는 흠집이 없는 가죽을 위해 발톱을 뽑는 등 특별히 관리된다는 뜻이다. 이 '정성스러운 사육' 속에 악어의 삶은 없다.

현재 많은 양식장이 있음에도 불구하고 이그조틱 가죽은 그 희귀성으로 불법 사냥 또한 여전히 성행할 정도로 인기가 있다. 하지만 럭셔리 브랜드들 중에서 이그조틱 가죽 사용 중단을 선언하는 브랜드가 하나씩 늘고 있다. 2018년 12월 샤넬은 모피 사용 중단과 함께 이그조틱 가죽 제품도 더이상 만들지 않겠다고 선언했다. 샤넬은 이그조틱 가죽을 포기한 이유로 '기업의 윤리적 기준에 맞는 소재를 찾는 것이 점점 어려워졌음'을 들었다.

많은 사람들은 이그조틱 가죽의 경우처럼 희귀한 야생동물을 사냥하는 것은 종과 자연 보전 차원에서 당연히 좋지 않은 일이라고 생각하지만, 동물에게 무엇인가를 얻기 위해 사육하는 것은 괜찮다고 여긴다. 하지만 인간들은 때로 개체수를 조절하기 위해 야생동물을 살상하기도 한다.

나는 사람들이 멸종위기종에 그렇게 관심이 많다는 것에 늘 새삼 놀란다. 물범, 바다코끼리, 북극곰, 판다 등을 위한 캠페인과 관련 굿즈는 언제나 많은 관심과 사랑을 받는다. 이렇게 사람들은 멸종위기종에 관심이 많지만, 닭, 소, 돼지와 같은 흔해빠진 동물에게는 관심을 가지지 않는다. 지구에 있는 모든 동물 중 오직 3퍼센트만이 야생동물이고 나머지 97퍼센트는 인간을 포함한 개, 고양이, 닭, 돼지, 소와 같은 가축이다. 그리고 가축의 대부분은 공장식 축산업에 속해 있다. 인간이 이용하기 위해 늘린 동물들의 개체 수는 이미 포화 상태지만, 인간의 판단으로 생태계 교란종에 해당하는 동물들을 제거하는 것은 불가피한 일이라고 생각하는 한편 축산업은 유지되어야 한다고 생각한다. 축산업과 가죽 산업 안에서 동물들이 받는 고통은 인간이 인위적으로 늘린 고통임을 잊지 말아야 한다.

이그조틱 가죽 사용을
중단한 브랜드

게스	Guess, Inc.
나이키	Nike
나인웨스트	Nine West
나파피리	Napapijri
노드스트롬	Nordstrom
노스페이스	The North Face
니나 리치	Nina Ricci
다이앤 본 퍼스텐버그	Diane von Furstenberg
데비엔코르프	de Bijenkorf
드리스 반 노튼	Dries Van Noten
레드 캡	Red Kap
롱샴	Longchamp
마쥬	Maje
망고	Mango
멀버리	Mulberry
반스	Vans
베베	bebe
볼닷컴	bol.com
브라운 토마스	Brown Thomas
브룩스 브라더스	Brooks Brothers
비비안 웨스트우드	Vivienne Westwood
빅토리아 베컴	Victoria Beckham
빅토리아 시크릿	Victoria's Secret
산드로	Sandro
새뮤얼 허버드	Samuel Hubbard
샤넬	Chanel
셀프리지	Selfridges

슈프림	Supreme
아노츠	Arnotts
아돌프 도밍게즈	Adolfo Domínguez
아디다스	Adidas
아소스	ASOS
알렉산더 버만	Alexandre Birman
알투자라	Altuzarra
알트라	Altra
앤	Ann Inc.
에이치앤엠	H&M
오버스톡닷컴	Overstock.com
이스트팩	Eastpak
잔스포츠	JanSport
장 폴 고티에	Jean Paul Gaultier
제이크루	J. Crew
질 샌더	Jil Sander
칼 라거펠트	Karl Lagerfeld
캐롤리나 헤레라	Carolina Herrera
캘빈클라인	Calvin Klein
코디악	Kodiak
클로디 피에로	Claudie Pierlot
타미힐피거	Tommy Hilfiger
테라	Terra
팀버랜드	Timberland
파코라반	Paco Rabanne
폴 스미스	Paul Smith
푸마	Puma
홀트 렌프루	Holt Renfrew
휴고 보스	HUGO BOSS

출처
www.peta.org/features/these-brands-banned-exotic-skins/

양의 겨울은 따뜻하지 않다

어렸을 때부터 코트나 스웨터는 좋은 것을 사야 한다는 이야기를 자주 들었다. 여기서 말하는 좋은 코트와 스웨터는 울, 캐시미어, 알파카 등의 소재로 만든 고가의 제품이었다. 성인이 되어 내 돈으로 옷을 살 때도 이 오래된 구전 같은 쇼핑 팁을 잘 실천했는데, 나는 특히나 순수한 울(양모) 100퍼센트 소재에 열광했다. 눈으로는 잘 구분도 못하면서 울은 면이나 아크릴 등 다른 소재와 섞이면 가치가 떨어지는 것 같았다. 심지어 울 스웨터를 입으면 몸이 간지러워 안에 무조건 티셔츠를 함께 입어야 했지만 그건 기꺼이 감수할 수 있는 수고였고, 울을 관리하기 위해 보풀 제거기부터 눈썹 정리 칼까지 다양한 도구와 노하우를 찾는 것을 게을리하지 않았다. 그래서였을까? 동물성 소재로 만든 의류를 더이상 입지 않기로 마음먹었을 때, 마지막까지 놓기 어려웠던 것이 바로 이 울이었다. 마음이 갈팡질팡하던 그 시기에 울 재킷을 한벌 샀는데 결국은 입지 못하고 아직 옷장 속에 그대로 있다. 그만큼 울 제품에는 진심이었다.

울은 포근하고 따뜻한 느낌을 가지고 있어 주로 코트, 스웨터, 카디건, 머플러, 모자 등 가을/겨울 제품에 많이 사용된다. 또 정장에도 주로 사용되는 소재로, 얇게 가공해서 만든 썸머 울은 여름 정장에도 자주 쓰인다. 최근에는 애슬레저(athleisure, 운동과 여가가 합쳐진 단어로 일상생활에서도 입을 수 있는 운동복 스타일)의 인기로 데일리 스포츠웨어에도 사용되는 등 사용 범위가 매우 넓다.

흔히 모피나 가죽은 동물을 죽여서 소재로 만들지만, 계속 자라나는 양털은 그저 깎을 뿐이고 양은 스스로 털갈이를 하지 못하니 양털을 사용하는 것은 양과 인간 모두에게 좋은 일이라고 한다. 하지만 동물은 자연환경에 맞게 진화하고, 야생에서 살아가는 양은 추위와 더위로부터 스스로를 보호할 수 있는 적절한 양의 털을 가지고 있으며, 스스로 털갈이를 한다. 우리가 아는 스스로 털갈이를 하지 못하는 양은 울을 생산하기 위해 개량된 품종이다. 특히 '메리노 울'로 알려진 '메리노'라는 품종은 피부를 쭈글쭈글하게 만들어 더 많은 면적의 양모를 얻기 위해 개량된 품종으로, 메리노 울의 75퍼센트가 호주에서 나온다.[27]

　　메리노 양은 쭈글쭈글한 피부와 빽빽한 털 때문에 피부 통풍이 잘 안 된다. 그래서 파리가 그 축축한 피부의 틈에 알을 까 구더기가 생기는 경우가 흔하다. 이를 방지하기 위해 어린 양들은 배설물이 잘 묻는 항문 주위의 피부를 도려내는 뮬싱mulesing이라는 과정을 거치는데, 이 일은 마취 없이 행해지고 사후 치료 과정도 없다.[28] 또 노동자들은 보통 정해진 시간 안에 수확한 양털의 무게로 임금을 받기 때문에 양을 함부로 다루어 털을 깎는 과정에서 양이 다치는 경우도 비일비재하다. 뉴질랜드에서는 전세계 최초로 2021년부터 뮬싱을 법으로 금지했지만, 전체 울 생산량의 5분의 1을 차지하는 울 생산 1위 국가인 호주에는 아직 뮬싱을 제재할 수 있는 관련 법이 없다. 그래서 뮬싱의 잔혹함에 반대하는 일부 브랜드들은 호주 울을 사용하지 않거나 뮬싱 프리 양모로 제품을 만든다.

　　양의 털 만큼이나 염소의 털도 많은 사랑을 받는다. 캐시미어는 염소의 털 중에서도 겨드랑이와 가슴 등에서 나는 가장 부드러운 속 털로 만든 소재다. 염소의 털갈이 시즌인 봄에 빗질로 소량만 채취할 수 있어 고가의 브랜드에서만 선보이는 고급 소재였으나 몇년 전부터 저렴해진 가격으로 대중화되기 시작했다.

염소를 키우는 데 필요한 지리와 기후 조건 때문에 전 세계 캐시미어의 90퍼센트 이상이 중국과 몽골에서 생산되며, 이 중 40퍼센트 정도가 몽골에서 생산된다. 1990년 몽골이 자본주의를 택하면서 정부에서는 돈이 되는 캐시미어 산업을 국민에게 적극 장려했다. 유목민들이 소규모로 해왔던 염소 방목은 이제 이 나라의 주요 산업이 되었다. 1999년부터 2019년까지 몽골의 염소 개체 수는 700만마리에서 2,700만마리로 거의 4배 가까이 증가했다. 이는 초지의 수용 능력을 훨씬 벗어난 양이다.[29]

특히 염소는 왕성한 식욕으로 풀의 뿌리까지 뜯어 먹고, 단단하고 뾰족한 발굽 때문에 염소를 방목했던 땅은 식물이 없이 황폐해진다. 초원에 염소의 먹이인 풀이 사라지면 염소 방목으로 생계를 이어가는 유목민들의 생활이 어려워질 뿐만 아니라, 봄철 황사를 발생시키는 심각한 사막화의 원인이 된다. 현재 몽골 전체 국토 중 76.9퍼센트에서 사막화와 토지 황폐화가 진행 중이라고 한다.[30] 중국 북부의 초원지대 역시 양과 산양 등의 무분별한 방목으로 인한 사막화가 매우 심

각한 상황이다.[31]

　　2019년 호주에서 양모 생산이 줄었다는 기사를 보았다. 역대 최악의 가뭄으로 인한 사료 부족 때문이라고 한다.[32] 소를 비롯한 양이나 염소 같은 반추동물이 내뿜는 메탄가스는 지구온난화의 가장 큰 주범으로 홍수와 가뭄을 유발한다. 모든 문제는 연결되어 있다는 사실을 다시금 깨닫는다.

　　양모나 캐시미어는 생분해가 되는 천연 소재이기 때문에 환경친화적이며 지속가능한 소재로 일컬어지지만 그 소재가 어떤 과정을 통해 만들어지는지, 많은 수요를 감당하기 위해 어떤 일들이 벌어지고 그게 우리에게 어떤 결과로 돌아오는지에 대해서는 자세히 알려지지 않았다.

　　많은 이들이 인간을 지구의 주인이라 여기고, 지구 자원이 무한하다고 착각한다. 지구는 우리가 다른 생명체들과 함께 살아가는 소중한 집이다. 하지만 무분별하게 자원을 끌어다 쓴 나머지 우리가 이 집에 머물 수 있는 시간이 점점 줄어들고 있다.

'진짜'와 '가짜'

우리는 가끔 이러한 질문들을 받는다. "합성 충전재는 오리털만큼 따뜻한가요?" "합성섬유로 만든 니트가 울만큼 포근하고 가벼운가요?" "인조가죽도 진짜 가죽만큼 오래 사용할 수 있나요?" "인조모피가 진짜 모피만큼 부드럽나요?" 대부분 동물성 소재의 대안 소재들이 동물성 소재와 얼마나 똑같은지에 관한 것이다. 하지만 각각의 동물성 소재가 가진 특징들을 절대적인 장점이라고 이야기할 수는 없다. 모든 소재에는 장단점이 있다. 같은 가죽이라도 종류에 따라 특성이 다르기에 소가죽을 두고 양가죽만큼 부드럽지 못하다거나 양가죽을 두고 소가죽만큼 질기지 못하다고 이야기하지는 않는다.

　　좋은 소재의 기준이 꼭 튼튼함이 될 수도 없다. 튼튼함으로 소재의 좋고 나쁨을 따지면 실크는 가장 안 좋은 소재일 것이다. 하지만 실크는 아름다운 광택과 흐르는 듯한 질감을 가졌다. 동물의 모피는 가죽에 털까지 달려 매우 무겁지만 사람들은 패션을 위해 기꺼이 무거움을 감수한다. 반대로 인조 가죽이 지닌 특성을 장점으로 치환해 이야기하자면 인조가죽은 가죽보다 물에 강하고 가벼우며 관리가 편하다. 인조모피 또한 마찬가지다. 합성 충전재로 만든 옷은 동물 털에서 나는 특유의 냄새가 없고, 물에 젖었을 때도 보온성을 유지하며 건조가 빠르다. 이렇듯 모든 소재가 가진 특성이 전부 다르기 때문에 대안 소재들이 원본에 얼마나 가까운지보다는 그 소재 자체로 보는 시각이 필요하다.

　　가끔은 이런 질문도 받는다. "굳이 동물성 소재를 흉내 낸 소재를 사용할 필요가 있나요?" 동물의 털을 모방한 멋진 제품이 오히려 진짜 모피 소비를 부추긴다는 것이다. 물론 그렇게 생각할 수도 있다. 하지만 사람들은 보통 변화를 싫어하고 익숙한 것에서 안정감을 느낀다. 인조모피나 인조가죽은 대다수의 사람이 가진 미감을 만족시키면서도 동물성 소재를 대체할 수 있는 현실적인 대안이 될 수 있다. 대부분의 사람들은 이미 가진 것을 잃기 싫어하고, 새로운 것에 호기심을 보이기보다는 거부감이나 무관심을 보이는 경우가 훨씬 많다. 동물성 소재를 모방하지 않은 패션이 더 '쿨'하고 '멋져' 보이는 미래가 오기를 고대하지만, 새로운 것을 받아들이기 위해서는 익숙한 기존의 것을 대체할 수 있는 대안과 인식이 변화하기까지의 시간이 필요하다.

처음에 인조모피는 비싼 모피에 대한 값싼 대체재였다. 하지만 꾸준히 인조모피가 출시되며 기술이 발전해 품질이 좋아지고 디자인도 다양해졌다. 디자이너와 대중이 인조모피를 대하는 시선도 변했다. 인조모피가 동물 모피의 훌륭한 대안이 될 수 있음을 알게 된 것이다. 아크릴, 나일론, 폴리에스터로 만들어진 인조모피는 여전히 플라스틱 섬유라는 환경적인 문제를 안고 있지만, 최근에는 그러한 문제점을 해결하기 위해 일부 생분해가 가능한 바이오 기반 섬유나 재활용 섬유로 만든 원단 등 더 환경친화적인 소재도 개발되는 단계다. 프랑스의 인조모피 원단 업체인 에코펠EcoPel은 식물성 기반의 원사와 재활용 원사를 섞어 만든 인조모피인 코바KOBA를 개발하여 스텔라 맥카트니의 2020년 여름 쇼에서 함께 선보였다.[33] 바로 이게 대체재가 중요한 이유다.

생산자와
소비자로서
할 수 있는
실천

Chapter.3

지금의 패션 신

불과 몇년 전까지만 해도 패션 브랜드가 지속가능성, 기업의 윤리적·사회적 책임에 관해 이야기하는 것은 패셔너블하지 못하다는 취급을 받았다. 하지만 절대 변하지 않을 것 같던 패션 업계가 빠르게 변하고 있다. 이제는 지속가능성을 이야기하지 않는 브랜드가 오히려 시대의 흐름에 뒤처진 것으로 여겨진다. 브랜드들은 탄소발자국을 줄이기 위해 구체적으로 어떤 노력을 하고 있는지, 또 인권, 동물복지, 노동복지, 작업환경, 지역경제 등 지속가능성을 위해 어떤 기준으로 회사를 운영하는지를 전면에 내세운다.

패션 산업의 지속가능성에 대한 논의가 본격적으로 시

작된 것은 2009년 코펜하겐 패션 서밋Copenhagen Fashion Summit부터였고, 2013년 1,000명 이상의 목숨을 앗아간 방글라데시의 라나 플라자 붕괴 사건이 강력한 경고가 되었다.

패션 레볼루션Fashion Revolution은 라나 플라자 사건을 계기로 2013년에 설립된 비영리 단체이자 글로벌 운동으로, 패션 산업에서 인간과 환경의 착취를 종식하는 것을 목표로 지속가능한 미래를 위한 투명한 공급망에 초점을 맞춰 여러 캠페인을 전개하고 있다. 패션 레볼루션에 뜻을 함께하는 많은 브랜드들이 #Whomademyclothes(누가 내 옷을 만들었나요), #Imadeyourclothes(제가 당신의 옷을 만들었어요) 해시태그 캠페인에 참여해 운동을 이어가고 있다.

패션 산업이 더 빠르게, 더 자주, 더 많이 제품을 내놓는 구조로 변하는 동안 깊이 곪아온 환경, 인권, 동물권 문제가 한꺼번에 터져 나오며, 잘 포장된 제품과 멋진 이미지로만 소비되던 패션의 민낯이 적나라하게 드러났다. 이로 인해 스파 브랜드부터 럭셔리 브랜드까지 패션 기업들을 감시하는 눈이 점점 많아졌고, 기업들은 자의든 타의든 변화의 움직임을 보여주기 시작했다.

패스트 패션의 물결을 주도했던 H&M은 2013년부터 헌옷 수거 프로그램을 진행 중이며, 재활용 소재, 와인 가죽이

나 선인장 가죽 등 지속가능한 비건 소재로 만든 '콘셔스 익스 클루시브 컬렉션'Conscious Exclusive Collection 제품을 매년 선보이고 있다. 또한 2015년부터는 패션 산업에 변화를 가져올 아이디어를 선정하는 '글로벌 체인지 어워드'Global Change Award를 개최해 오렌지 껍질 섬유나 와인 부산물로 만든 가죽 대체 소재, 바이오매스와 태양열 에너지로 만든 분해성 나일론 등의 혁신적인 아이디어가 실현될 수 있도록 지원하고 있다. 자라는 2015년부터 자사의 자체적인 기준을 통과한 친환경 소재들로 만든 '조인 라이프'Join Life 제품들을 출시하고 있다.

글로벌 브랜드들도 친환경 라인의 비중을 늘리고 있다. 프라다는 폐어망, 매립 폐기물 등으로 만든 재생 나일론인 '리-나일론'Re-nylon 캡슐 컬렉션을 시작으로, 2021년 말까지 일반 나일론 제품을 리-나일론으로 전면 교체한다고 밝혔다. 휴고 보스는 2019년에 파인애플 가죽으로 만든 스니커즈를 출시했고, 나이키와 아디다스 모두 재활용 및 친환경 비건 소재로 만든 제품들을 출시하고 있다. 랄프 로렌은 100퍼센트 폐페트병 재활용 폴리에스터로 만든 폴로셔츠를 선보였고, 에르메스는 버섯 가죽으로 만든 가방 출시를 앞두고 있다.

2019년 8월 G7 정상회의에 맞춰 32개 글로벌 패션 기업의 150개 브랜드가 'G7 패션 협약'Fashion Pact G7에 서명했다.

이 협약이 지니는 환경 목표의 세가지 핵심은 지구온난화 해결, 해양 보호, 생명 다양성 회복이다. 2100년까지 지구의 상승 온도를 1.5도 이하로 유지, 2050년까지 온실가스 배출 제로, 2030년까지 일회용 플라스틱 사용 중단과 같은 구체적인 목표를 제시한다. 법적인 효력은 없지만 많은 글로벌 브랜드들이 친환경적이고 지속가능한 방향으로 전환해야 한다는 필요성에 공감하며 동참하고 있다는 점에서 의미가 있다.

그중 하나인 아디다스는 2024년까지 플라스틱 섬유 제품을 전부 재활용 폴리에스터로 교체하겠다고 발표했다. 재활용 폴리에스터는 석유 사용량뿐만 아니라 플라스틱 쓰레기와 소각 시 발생하는 오염물질도 감소시킨다. 아디다스가 전세계적으로 유명한 브랜드인 만큼 직접적으로 환경에 끼치는 영향 측면에서도 유의미한 변화를 불러일으키겠지만, 재활용 폴리에스터를 제작하는 설비와 업체가 늘어나고 소재가 다양해진다면 전체 플라스틱 섬유 시장에서 재활용 섬유가 차지하는 비율이 높아질 것이다. 그러다보면 언젠가는 재활용 섬유가 흔하고 당연한 것이 될 수도 있다. 누구나 아는 큰 브랜드의 변화는 다른 브랜드뿐 아니라 소비자들의 인식도 변화시킬 것이다.

시작부터 지속가능성을 핵심 가치로 두고 오랫동안 성

공적으로 운영해온 브랜드들도 더욱 주목받고 있다. 2001년에 시작된 스텔라 맥카트니는 럭셔리 브랜드들 중에서는 최초이자 유일하게 가죽과 모피를 전혀 사용하지 않는 브랜드로, 험난한 럭셔리 시장에서 지속가능한 패션을 꾸준히 알려온 장본인이다. 전 모회사였던 케링 그룹이 지속가능성에 관심을 두게 하는 데 큰 역할을 했으며, 결국 2016년부터 구찌, 발렌시아가, 생로랑, 보테가 베네타 등 케링에 속한 모든 브랜드가 PVC(폴리염화비닐) 사용을 중단했다.[1] 스텔라 맥카트니는 케링에서 독립한 후 LVMH 그룹과 전략적인 파트너십을 맺어 LVMH 그룹의 지속가능성에 대한 자문 역할을 담당하고 있다.

파타고니아는 "지구가 목적, 기업은 수단"이라고 말할 정도로 확고한 환경 철학을 가진 브랜드로, 사업적으로도 성공을 보여주며 많은 사람들의 귀감이 되고 있다. 미국 최대의 세일 기간인 '블랙프라이데이'Black Friday에 과도한 소비를 지양하자는 뜻으로 'Don't Buy This Jacket'(이 재킷을 사지 마세요) 캠페인을 진행했고, 2016년에는 블랙프라이데이 기간 동안 발생한 전세계 매출을 전액 환경단체에 기부했다. 수선 서비스와 중고 의류 교환 프로그램 등도 꾸준히 진행하고 있으며, '지구를 위한 1퍼센트'1% FOR THE PLANET라는 비영리조직을 통해 연 매출의 1퍼센트를 풀뿌리 환경단체에 기부하는 등 이윤을 추구하는 기업이 어떻게 지속가능성을 실현할 수 있는지를 가장 잘 보여주는 기업이다.

친환경 소재에 대한 관심도 뜨겁다. 폐페트병이나 폐어망 등을 재활용한 폴리에스터, 나일론은 시중에서 구매가 가능해졌고, 꽃이나 오렌지 같은 과일 껍질 등으로 만든 식물성 원사는 개발 중에 있다. 선인장, 망고, 와인, 사과, 파인애플, 옥수수, 버섯, 한지, 코르크, 꽃으로 만든 가죽 등 식물 기반의 가죽 대체 소재도 점점 다양해지고 있다. 식물 기반 대체 가죽은 대부분 독성 유해물질이 들어가지 않고, 재생하는 잎만을 사용해 제작하거나 과일 껍질 등 다른 산업에서 남은 폐기물을 사용해 순환 시스템을 구축할 수 있어 더욱 기대감이 높다.

버려질 위기에 처한 재고 원단이나, 낙하산과 포장 덮개 등 이미 다른 산업에서 쓰였던 소재, 버려진 옷으로 새로운 제품을 만드는 업사이클링 브랜드도 늘고 있다. 재고 원단을 사용하는 것이나 업사이클링은 이미 생산된 소재를 사용한다는 점에서 새 제품을 만드는 것보다는 에너지가 훨씬 적게 들어간다.

하지만 이러한 움직임을 그저 트렌드로 이용하는 '그

린 워싱'에 대한 우려 또한 만만치 않다. 플라스틱 중에서도 최악의 플라스틱인 PVC 소재를 지속가능한 에코 가죽으로 둔갑시켜 판매하거나, 현재 기술로 재활용이 불가능한 혼방 소재에 재활용 가능 표기를 해서 판매하는 경우도 있는가 하면, 기업이 발생시키는 커다란 문제는 감추거나 축소하고 일부 사용하는 친환경 소재의 장점만을 부각해 친환경 기업인 척하는 일도 부지기수다.[2]

지속가능성을 위한 다양한 시도와 노력은 매우 중요하지만, 가장 중요한 것은 '에코'라는 이름하에 무분별한 과잉 생산을 하지 않는 것이다. 모든 문제는 너무 많이 만드는 것에서부터 시작되었음을 잊지 말아야 한다.

(부록 4)

G7 패션 협약에
서명한 기업

간트	Gant
갤러리 라파예트 그룹	Groupe Galeries Lafayette
갭	Gap, Inc.
까르푸	Carrefour
끌로에	Chloe
나이키	Nike, Inc.
노드스트롬	Nordstrom
노스 세일즈	North Sails
노아브랜드	Noabrands
다마텍스 그룹	Damartex Group
데시구엘	Desigual
데카트론	Decathlon
디씨엠 제니퍼	DCM Jennyfer
디젤	Diesel
라코스테	Lacoste
랄프 로렌	Ralph Lauren
로시뇰 그룹	Groupe Rossignol
류이	Ruyi
망고	Mango
매치스패션닷컴	Matchesfashion.com
메이드웰	Madewell
모노프리	Monoprix
몽클레르	Moncler
발리	Bally
버버리	Burberry
베송 쇼쉬르	Besson Chaussures
베스트셀러	Bestseller

베스티에르 콜렉티브	Vestiaire Collective
보나베리	Bonaveri
보마누아르 그룹	Groupe Beaumanoir
살바토레 페라가모	Salvatore Ferragamo
샤넬	Chanel
셀리오	Celio
셀프리지 그룹	Selfridges Group
스텔라 맥카트니	Stella McCartney
아디다스	Adidas
아르마니 그룹	Gruppo Armani
아식스	Asics
아이디키즈 그룹	Groupe Idkids
알도 그룹	Aldo Group
엄다쉬	Umdasch
에랄다	Eralda
에람 그룹	Groupe Eram
에르노	Herno
에르메네질도 제냐	Ermenegildo Zegna
에르메스	Hermès
에브리바디&에브리원	Everybody&Everyone
에이글	Aigle
에이치앤엠 그룹	H&M Group
에탐 그룹	Groupe Etam
엘 꼬르떼 잉글레스	El Corte Ingles
엘라세이 그룹	Ellassay Group
오샹 리테일	Auchan Retail
이씨 스튜디오	EC Studio
익스	Ikks
인디텍스	Inditex
자딕앤볼테르	Zadig&Voltaire
제옥스	Geox
제이크루	J.Crew
짐머만	Zimmermann
카프리 홀딩스 리미티드	Capri Holdings Limited
칼 라거펠트	Karl Lagerfeld

칼제도니아 그룹	Calzedonia Group
케링	Kering
키아비	Kiabi
태피스트리	Tapestry
텐덤	Tendam
파페치	Farfetch
패션 큐브	Fashion Cube
펑 그룹	Fung Group
폴앤조	Paul&Joe
푸마	Puma SE
퓨잡	Fusalp
프라다	Prada S.P.A.
피브이에이치	PVH Corp.
하우스 오브 바우켄	House Of Baukjen
한스 부트 마네퀸	Hans Boodt Mannequins

출처
thefashionpact.org/

이 세상에 제품을
하나 더하는 것에 대해

이 세상에는 더이상 생산하지 않아도 될 만큼 이미 많은 물건이 있다. 옷장은 입지 않는 옷들로, 집 안은 쓰지 않는 잡동사니로 가득하다. 쇼핑몰에 있는 수많은 물건 중 판매되지 못하고 폐기되는 것도 아주 많을 것이다. 환경에 대한 뉴스는 전혀 희망적이지 않다. '빙하는 곧 전부 녹아 사라질 것이다' '지구온난화를 막기에는 이미 늦었다' '플라스틱은 영원히 사라지지 않는다' 등등의 이야기를 듣고 있으면 우리가 할 수 있는 일은 아무것도 없는 것 같다는 절망감과 자포자기 심정이 들어 무언가를 해보고 싶은 의지마저 꺾인다.

물건을 만드는 사람으로서는 '이 제품을 세상에 내놓

는 것이 과연 맞는 일인가?' 하는 생각이 들 때가 많다. 환경에 관심이 있는 많은 생산자들이 이러한 고민을 하는 것으로 알고 있다. 하지만 대부분의 사람들이 직접적이든 간접적이든 생산에 종사하며 살아가는 세상에서 생산 자체에 회의를 느끼고 아무것도 하지 않는 게 낫다는 식으로 생각하면 끝도 없다. 인터넷에는 '인간이 죽는 게 친환경이다' 같은 자조 섞인 말이 돌아다니지만, 그런 말을 좋아하는 이들은 보통 아무런 실천도 하지 않고 세상 탓만 하는 부류들이다.

한 개인이 고민 끝에 깊은 자연에 들어가 모든 것을 자급자족하는 삶을 선택해 살아간다면 그것도 존경스러운 일이겠지만, 그러한 선택이 모두에게 답이 될 수는 없다. 자신이 생산자로서 살아가야 한다면, 그렇기에 아무것도 하지 않는 것이 아니라 그럼에도 불구하고 '어떻게 해야 할지'에 대한 이야기를 해야 한다.

과연 이 세상에 해를 끼치지 않는 생산이란 게 가능한 것일까? 매우 안타깝지만 나는 불가능하다고 생각한다. 우리의 삶 자체가 완벽하게 무해할 수 없다.

요즘 같은 과잉 생산과 과잉 소비의 시대에 실천이란 '무언가를 하는 행동'이 아니라 '무언가를 하지 않으려는 적극적인 행위'에 더 가깝다. 소비가 기본값인 사회에서 무언가를 하지 않기 위해서는 매우 적극적으로 행동해야만 한다. 예를 들어 '플라스틱 프리'를 실천한다고 했을 때, 플라스틱을 쓰지 않기 위해 해야 하는 행동이 플라스틱을 쓸 때 하는 행동보다 훨씬 많다. 대형마트 대신 재래시장에 가서 장보기, 채소 직접 기르기, 플라스틱 용기에 든 샴푸 대신 샴푸 바 구입하기, 리필 스테이션 이용하기, 온라인 쇼핑 대신 오프라인 가게 이용하기, 인스턴트식품이나 배달 음식 먹지 않기, 텀블러와 장바구니 가지고 다니기 등…

이렇게 지구를 위해 할 수 있는 의미 있는 행동들은 아이러니하게도 좋은 일을 하는 것이 아니라, 조금이라도 해를 덜 끼치려는 '노력'을 하는 것에 가깝다. 물건을 구입하는 사람이 할 수 있는 행동들이 바로 이런 것이라면, 물건을 만드는 사람이 할 수 있는 행동은 이 세상에 해를 덜 끼치는 방식으로 생산하기 위한 '노력'을 하는 것일 테다. 생산자의 책임이 소비자의 책임보다 훨씬 큰 만큼 이러한 노력이 가지는 의의 또한 크다. 생산자는 개인이 소비를 할 때 쉽게 더 나은 선택을 할 수 있는 환경을 만드는 힘을 가지고 있기 때문이다.

하지만 친환경이나 비건 제품을 만들겠다고 굳게 마음먹은 후에 막상 제품을 생산하려고 보면 곧장 생산 라인과 단가, 규모 문제 등 여러가지 현실적인 어려움에 부딪히게 된다.

이때 절망하지 말고 처음부터 내가 원하는 만큼 모든 것을 완벽하게 할 수는 없다는 것을 먼저 인정하자. 그리고 다른 것은 제쳐두더라도 이것만은 꼭 지키겠다는 우선적인 원칙을 하나 세우는 것이 방향을 잡고 시작하는 데 도움이 된다.

그 원칙이 일반적인 게 아니라면 겨우 그것 하나를 지키는 데도 생각보다 많은 품이 든다는 것을 곧 알게 된다. 예를 들어 우리가 브랜드를 만들면서 세운 첫번째 원칙은 동물성 소재를 사용하지 않는 것이었다. 동물성 소재를 전부 배제하고 나면 쓸 수 있는 소재는 매우 제한된다. 모피와 가죽을 사용하지 않기는 오히려 쉬웠지만 가장 아쉬운 것은 울이었다. 울은 두꺼운 코트, 포근한 니트 스웨터뿐만 아니라 여름 정장에까지 두루 쓰인다. 우리는 울 코트와 같이 아직까지는 대체 소재를 찾기 힘든 아이템은 과감히 포기했다.

사실 인조 울 소재로 멋진 롱 코트 샘플을 만들어 프리 오더를 받은 적이 한번 있었다. 모처럼 마음에 드는 소재를 겨우 찾아 샘플을 만들었는데 옷이 첫눈에 매우 만족스러웠다. 겉감은 합성섬유지만 고급스러워 보였고, 그에 걸맞은 고급 안감, 완성도 높은 디테일과 디자인으로 정말 멋있는 옷이 나왔다. 하지만 이 샘플은 겨우 일주일 정도밖에 안 되는 주문 기간 동안 급속도로 망가져갔다. 많은 분들이 직접 쇼룸에 찾아와 시착해보면서 고급스러웠던 소재는 광택을 잃어가고 보풀이 일어나는 등 표면이 낡아가는 것이 눈에 보였다. 옷이 상해가는 것을 보면서 우리의 마음도 타들어갔다. 다른 많은 매장에는 완전히 엉망인 옷들도 아무렇지 않게 걸려 있고, 비싼 돈을 주고 샀던 캐시미어 카디건도 이 정도 보풀은 소재 특성상 당연하다 생각하며 입었는데, 왜 이 옷은 팔 수 없다고 여겨지는 걸까 계속 생각했다. 어쩌면 다른 사람들은 모두 괜찮아할 텐데 우리가 예민한 것일지도 몰랐다.

어쨌든 하나의 프로젝트를 끝까지 마무리하는 것도 우리의 의무이자 책임 아닐까 하는 생각도 들었다. 우리의 괴로운 속도 모르고 프리 오더 마지막 날에 많은 주문이 들어왔다. 계좌에는 하루아침에 큰 금액이 쌓였다. 프리 오더가 끝난 바로 다음 날, 우리는 결국 깊은 고민 끝에 제작을 취소하기로 결정했다. 브랜드를 만들면서부터 빨리 쓰레기가 될 제품은 만들지 않겠다는 것이 우리의 다짐이고 원칙이었다. 제품 제작 취소를 알리기 위해 주문해준 분들께 일일이 전화하고 문자를 보내고 환불을 해드렸다. 무척이나 죄송한 마음으로 연락을 드렸는데, 많은 분들이 우리의 결정에 공감해주고 지지를 보내주었다. 오래 사용할 수 있는 좋은 제품을 만들겠다는 우리의 철학과 초심을 상기하게 된 기회였다. 지금도 여전히 울을 대체할 수 있는 소재를 찾고 있지만, 마땅한 소재가 아직 없다면 만들지 않는 편이 나은 것 같다.

마땅한 친환경 소재가 있다고 해도 그 소재로 제품을 제작하는 일은 쉽지 않았다. 유기농 면은 의외로 쉽게 구하기가 어려운 소재다. 까다로운 인증 기준을 충족시키기가 어려운 만큼 비싼 가격 때문에 아직까지는 수요가 별로 없기 때문이다. 유기농 면을 취급하는 업체들은 대량 주문만 받는 경우가 대부분이고, 소재를 미리 만들어놓고 판매하는 경우가 거의 없어 우리가 원하는 게 있다면 재직再織을 하거나 염색을 해야 하는 경우가 많다. 원단 업체에서 우리에게 바로 팔아줄 수 있다고 하는 남는 원단은 표백도, 염색도 하지 않은 생지뿐이었다. 우리는 표백과 염색을 하지 않은 생지 그대로의 색상도 좋다고 생각했다. 생지는 색상 자체로도 나름의 매력이 있었고, 환경적인 측면에서 가공을 덜 했다는 건 오히려 장점이 되는 부분이었다.

하지만 늘 생지로만 제품을 만들 수는 없는 일이다. 그래서 색깔이 있는 옷을 만들고 싶을 때는 일반 면 원단을 사용했다. 그런데 이제는 우리에게도 점점 다양한 색상 선택지가 생기고 있다. 소량으로도 바로 구입할 수 있는 원단 시장에 유기농 면 원단이 하나둘씩 늘어나고 있기 때문이다. 재활용 나일론과 폴리에스터도 마찬가지다. 늘 친환경 원단이 있는지 찾아다니는 우리는 시장이 빠르게 바뀌고 있음을 체감한다.

　　패션 신이 급변하고 있는 시기인 만큼 친환경 신소재 소식에는 늘 귀 기울이고 있다. 뉴스 등으로 새로운 소재가 나왔다는 소식을 접하면 바로 인터넷으로 검색해서 제조 업체에 일단 이메일을 보내본다. 답장이 오지 않는 경우가 대부분이지만 가끔은 답장이 오기도 한다. 그중에서 소량 주문이 가능한 업체가 있으면 바로 원단 샘플을 구입한다. 지금까지 우리 브랜드에서 가장 많이 판매된 선인장 가죽 제품도 이렇게 탄생했다.

　　제품뿐만 아니라 모든 제품의 포장을 친환경적으로 바꾸는 데도 큰 노력을 기울였다. 브랜드를 시작했을 때는 우리 같은 소규모 브랜드가 할 수 있는 것이 거의 없었다. 그래서 포장을 최소화하는 것으로 타협을 하고 비닐 포장 위에 재사용 권장 문구를 붙이거나, 몇백장이나 되는 티셔츠를 일일이 종이로 싼 적도 있다.

　　이렇게 우리가 세운 원칙 안에서 주어진 겨우 몇가지의 선택지 중 가장 나은 선택이 무엇인지를 고민하고, 매번 새로운 대안을 찾아가며 회사를 운영하는 일은 결코 쉽지 않다. 우리의 원칙이 완벽하다고 볼 수도 없고, 저마다 우선하는 가치에 따라 회사를 운영하는 방식은 달라질 수도 있을 것이다. 어쨌건 우리가 경험을 통해 배운 가장 소중한 사실 하나는 아주 작은 실천이라도 하지 않는 것보다는 하는 것이 늘 낫다는 점이다.

우리도 처음에는 '차라리 아무것도 하지 않는 게 낫지 않을까' 하는 고민을 했었다. 하지만 지금의 상황을 바꿀 수 있는 힘도 결국에는 이러한 고민을 하는 사람들에게 있다고 일단은 결론 내렸다.

브랜드를 시작한 지 4년이 지나 되돌아보니 얼마 안 되는 그 짧은 기간 동안 많은 것이 바뀌었다. 몇년 사이 동물성 소재를 대체할 수 있는 다양한 친환경 소재가 출시되었고 우리가 사용할 수 있는 소재도 하나둘씩 늘어나고 있다. 친환경 포장재도 마찬가지다. 아직 그 수가 많지는 않지만 시장이 변화하는 속도가 빠르다는 것을 체감한다. 이제는 많은 사람들이 의식 있는 패션, 지속가능한 패션에 대해 이야기한다. 또 패션 브랜드들은 앞다투어 앞으로 환경을 위해 회사의 시스템을 어떻게 바꾸어나갈 것인지 자신들의 비전을 소비자들에게 적극적으로 어필하고 있다. 이러한 분위기는 어느 날 갑자기 깨우친 누군가에 의해 만들어진 것이 아니라 그전에 꾸준히 목소리를 내고 움직여온 사람들로부터 이어진 것이다.

'지속가능한 패션'이라는 개념도 생소했던 척박한 땅 위에서 조금이라도 더 환경친화적인 제품을 내놓고자 고군분투하며 길을 닦고 목소리를 높인 사람들의 한걸음 한걸음이 의미 있는 변화를 이끌어왔다. 비록 당시에는 큰 영향을 끼치지 못했더라도, 아무것도 없는 곳에서 '있다, 없다'의 차이는 '크다, 작다'의 차이보다도 훨씬 크다. 존재는 인식이 생겨나는 씨앗이기 때문이다. 작든 크든 이 세상을 바꿀 수 있는 힘은 소비자인 동시에 생산자인 우리 개개인이 가지고 있다.

소비가 실천이 되려면

많은 것을 소비로만 취할 수 있는 사회에서 우리는 늘 수많은 선택지 중 무언가를 택하며 살아간다. 마트에는 쌀, 소시지, 커리, 주방세제 등 어떤 품목을 보더라도 선택지가 수십 가지이지만, 동물과 환경을 위해 무언가를 실천하기로 마음 먹은 후 다시 보는 매대의 풍경은 이전과는 전혀 다르다. 자본 주의 사회에서는 자발적이고 자유로운 선택 자체가 쉽지 않다는 것, 그동안 내가 해온 것은 자발적이고 자유로운 선택이 아니라 주어지고 강요된 선택이었다는 것을 곧 깨닫게 된다. 이러한 사회에서 개인이 소비로 선택을 하는 행위는 굉장히 중요하다.

'윤리적 소비'라는 단어에 피곤함을 느끼는 이들도 많다. 그런 사람들은 개인의 행위에 한계와 무력감을 느끼고 개개인의 실천보다는 기업을 압박해서 구조를 바꾸는 것이 훨씬 효과적이라고 주장한다. 맞는 말이기는 하지만 수많은 개인의 변화가 기업의 변화를 불러온 경우는 너무나 많고, 구조를 만드는 데는 생산자나 소비자 어느 한쪽만 기여하지 않는다. 누가 먼저고 누가 나중이라고 잘라 말할 수 없다.

　친환경 제품이 늘어나고 있는 것은 환경을 생각하는 사람이 늘어났기 때문이며, 친환경 제품이 늘어났기 때문에 친환경 제품을 선택하는 사람이 또 많아진다. 특히 수많은 동물들이 상품으로 취급되는 현실을 예로 들자면, 이를 바꾸기 위해 소비자가 동물을 아예 소비 품목으로 취급하지 않는 것만큼 강력한 행동은 없다. 보이콧은 가장 적극적이고 효과적인 의사 표현 방법 중 하나다.

　그렇다고 하더라도 변화는 생각보다 매우 더디고, 무언가를 깨달아 실천하기로 마음먹은 후에 느끼는 무력감은 더욱 크다. 내가 먹고 입지 않는다고 해도 내 의지와는 상관없이 매일 수없이 죽어나가는 동물들, 플라스틱을 덜 쓰려고 노력해봤자 매일 쏟아져 나오는 어마어마한 양의 일회용기들… 진심으로 동물과 환경을 걱정하는 사람이라면 이렇게 절망적인 현실을 목도하며 평온을 유지하기란 쉽지 않다.

하지만 이러한 불합리함 속에서 즐겁고 행복하게 사는 것을 죄스러워하는 것은 우리가 가장 예민하게 경계해야 하는 일이다. 죄책감과 절망감을 운동의 동력으로 삼게 되면 어려운 실천을 이어갈수록 스스로 훌륭한 운동을 하고 있다고 착각하기 쉽고, 나를 평가하는 버릇은 곧 남에 대한 평가로 이어진다. 실천을 훌륭한 실천과 보잘것없는 실천으로 나누어 가치 있는 실천의 허들을 높이고, 하나라도 실천해보고자 하는 사람들의 기를 미리 꺾어버린다. 이러한 운동은 나와 남 모두를 지치게 만들기 때문에 지속가능하지 않다.

우리가 잊지 말아야 하는 것은 완벽한 실천을 하는 소수보다 작은 실천을 하는 다수가 세상을 바꾸는 데 더 도움이 된다는 사실이다. 실천은 특별히 훌륭한 사람의 것이 아니다. 누구나 지금 여기, 자기의 삶 속에서 활동가가 될 수 있다. "여기 비건 옵션이 있나요?" "두유로 바꿀 수 있나요?" "오리털이 아닌 건 없나요?"라고 질문을 던지는 것 또한 운동이다. 이 말 한마디는 동물성 재료가 기본값인 시장에 작은 균열을 내는 일이고, 세상에 던지는 메시지이며, 다른 사람들이 더 쉽게 나은 선택을 할 수 있는 바탕을 만드는 밑거름이 된다.

일주일에 하루는 채식을 하거나 평소에 텀블러를 가지

고 다니는 등 내 역량만큼 무언가를 실천하는 것만으로도 자주 가는 가게나 가까운 사람들에게 변화를 불러올 수 있다. 아직까지도 실천을 유난스러운 몇몇 이들의 것이라고 생각하거나 어렵게 느끼는 사람들이 대부분인 지금의 현실에서 비건이나 제로 웨이스트로 살아가는 즐거움과 노하우, 정보를 나누는 작은 행위들이 모이면 그 자체로도 강력한 운동이 될 수 있다.

많은 사람들이 환경을 위한 완벽한 해법을 바란다. 그러나 어떤 문제를 해결할 수 있는 완벽한 해법도, 100퍼센트 완벽한 실천이란 것도 없다보니 제로 웨이스트든, 비거니즘이든 실천을 하는 사람은 항상 더 높은 이상을 추구하는 위치에 놓이게 된다. 그렇기 때문에 실천을 하겠다고 마음먹은 많은 사람들은 자기 자신을 끝없이 검열하며 스스로를 압박한다. 어떤 사람들은 오히려 아무것도 하지 않는 사람이 아니라 하나라도 실천하는 이들에게 더욱 엄격한 기준의 잣대를 들이대기도 한다. "동물은 안 먹는다면서 가죽 신발은 신으시네요?" "일회용 빨대는 안 쓴다면서 텀블러는 플라스틱이네요?" "리사이클 플라스틱도 결국 플라스틱 아닌가요?" 하는 식으로 말이다.

작은 실천들을 완벽하지 않기에 가치 없는 것으로 취

급하는 이런 태도는 자신이 중요하게 생각하는 가치를 위해 기꺼이 불편을 감수하는 사람들을 쉽게 지치게 만드는 요인이다. 실천을 결코 아무도 달성할 수 없는 어렵고 무의미한 것으로 만들어버리기 때문이다. 이미 나름의 실천을 하고 있는 사람에게는 죄책감을, 시작하지 않은 사람에게는 시작도 해보기 전에 무력감을 심는다. 이러한 지적이 아예 무의미하다고 할 수는 없지만, 결국 세상을 바꾸는 것은 예리한 지적보다는 작고 담담한 실천일 것이다. 실천은 본래 추구이고, 도달이 아닌 추구로만 기능한다. 그렇기에 우리 모두 완벽할 수 없음을 인정하고 지금 나의 위치에서 할 수 있는 것들을 우선적으로 해나가자.

또 노력해도 아무것도 변하지 않는다는 생각이 들어 무력감이 느껴질 때는 이미 내가 변했다는 사실, 세상 속에서 나만큼의 변화를 내가 이루었다는 사실을 기억하자. 내가 나의 세계이고 모든 변화는 나로부터 시작된다는 사실을 잊어서는 안 된다.

옷과 환경을 살리는
세탁 방법

옷을 잘 관리해 옷의 수명을 늘리는 일은 그 자체로 환경에 도움이 되기에, 옷과 환경을 위한 올바른 의류 세탁 방법을 여기에 공유한다.

1   옷을 위해서든 환경을 위해서든 세탁은
최대한 하지 않는 것이 좋다.

세탁은 옷의 원형을 망치는 원인 중 하나다. 또 세탁 횟수를 일주일에 1회만 줄여도 이산화탄소 배출량을 약 2.5킬로그램 줄일 수 있다.[3] 스텔라 맥카트니는 이러한 이유로 오랫동안 세탁에 반대해왔다. 입은 옷을 매번 세탁하는 대신 먼지를 털고 통풍을 해준다. 또 적은 양의 빨래는 손빨래하고, 오염된 부분만 부분 세탁한다.

2   찬물로 세탁한다.

세탁 시 90퍼센트의 에너지가 물을 데우는 데 사용된다.[4] 특수한 경우를 제외하고는 찬물 혹은 저온으로 30분 정도 세탁을 하면 에너지와 물 소비, 이산화탄소 배출량을 줄일 수 있다. 또 뜨거운 물은 원단을 수축, 변형시키고 색상을 변화시키기 때문에 찬물 세탁은 의류 수명을 늘리는 데도 도움이 된다.

3   청바지 등의 데님류는 자주 세탁하지 않는다.

데님은 염색 과정에서 수질오염을 일으키는 대표적인 소재로, 물세탁을 할 때마다 특히 염료가 많이 빠지는 원단이다. 아페쎄(A.P.C)는 환경적 차원에서 워싱 청바지를 출시하지 않고 생지 청바지만을 고집한다.

4   미세플라스틱 세탁망이나 필터를 사용한다.

특히 나일론이나 폴리에스터 등의 합성섬유로 만든 옷을 세탁할 때는 전용 망을 사용하면 세탁 시 나오는 미세플라스틱이 물로 흘러들어가는 것을 어느 정도 방지할 수 있다. 망에 걸러진 먼지는 일반 쓰레기로 배출한다.

5   친환경 세제를 사용한다.

세탁 세제와 유연제에 많이 사용되는 화학 계면활성제는 미생물로 생분해가 안 되어 수질과 토양을 오염시킨다. 계면활성제는 원단에 잔류해 피부나 호흡기로 들어와 건강을 위협할 수도 있다.[5]

6   빨래 건조기는 최대한 사용하지 않는 것이 좋다.

건조기는 에너지 소모가 클 뿐만 아니라 옷의 수명을 단축시키는 지름길이다. 꼭 필요한 경우가 아니라면 세탁한 옷은 모양을 잘 잡아 자연 건조하는 것이 가장 좋다.

지속가능한 패션을 위한 가이드

- 이미 가지고 있는 물건을 잘 관리해서 사용하기
- 새 제품을 구매할 때는 신중하게 고민하기
- 중고 제품 구매하기
- 비동물성 제품 구매하기
- 품질 좋은 제품 구매하기
- 유행을 타지 않는 디자인 선택하기
- 플라스틱 중 최악의 플라스틱인 PVC 제품 구입하지 않기
- 친구들과 사용하지 않는 패션 아이템 물물교환하기
- 제품 수선해서 사용하기

세상에 만들어진 물건은 언젠가 필연적으로 쓰레기가 된다.
그렇기 때문에 폐기되기까지의 여정을 최대한 늘리는 것이 가장 중요하다.

프롤로그

1 게리 유로프스키의 강연(1부) 영상 www.youtube.com/watch?v=71C8DtW-gtdSY&t=2410s

2 게리 유로프스키의 질의응답(2부) 영상 www.youtube.com/watch?v=kx3CpHVdT0c

Chapter 1. 거대하고 빨라진 패션 산업

1 "The Secret of Zara's Success: A Culture of Customer Co-creation," *MartinRoll* 2021. 11.

2 「[글로벌 이노베이션 DNA] 자라의 '속도 우선 공급관리망(SCM)'」, 『전자신문』 2013. 12. 22.

3 "Matalan supplier among manufacturers in Bangladesh building collapse," *The Guardian* 2013. 4. 24.

4 "The house of cards: the Savar building collapse," *libcom* 2013. 4. 26.

5 "Reliving the Rana Plaza factory collapse: a history of cities in 50 buildings, day 22," *The Guardian* 2015. 4. 23.

6 "Rana Plaza collapse: 38 charged with murder over garment factory disaster," *The Guardian* 2016. 7. 18.

7 「더 트루 코스트」(The True Cost), 앤드류 모건 감독 2015.

8 「글로벌 패션 산업 2020 '지속가능한 패션' 시대로 대전환」, 『패션비즈』 2019. 11. 1.

9 "How Much Do Our Wardrobes Cost to the Environment?" The World Bank 2019. 9. 23.

10 "Survey Finds Sustainability Affects Clothing Purchases," *Apparel News* 2019. 5. 23.

11 "These facts show how unsustainable the fashion industry is," World Economic Forum 2020. 1. 31.

12 "The price of fast fashion," *Nature Climate Change* 8권, 2018. 1.

13 World Economic Forum, 앞의 글.

14 "UN Alliance aims to put fashion on path to sustainability," UNECE 2018. 7. 12.

15 "The future of sustainable fashion," Mckinsey&Company 2020. 12. 14.

16 앤드류 모건 감독, 앞의 다큐멘터리.

17 "Global fashion industry statistics—International apparel," Fashionunited.com 2018.

18 "Pulse of the Fashion Industry," Global Fashion Agenda&Boston Consulting Group 2017.

19 『패션비즈』, 앞의 글.

20 「소각 중단 결정한 버버리… 415억원어치 재고는 어디로 갈까」, 『중앙일보』 2018. 9. 12.

21 「[폐섬유 대란](상) "태워지고 묻어지고"… 2차 피해로 악순환」, 『에너지경제신문』 2021. 1. 28.

22 「옷의 라벨이 말해주지 않는 '불편한 진실'」, 『오마이뉴스』 2021. 9. 11.

23 「우리가 쓰다 버린 물건은 왜 가난한 나라에 도착하나요?」 EBS 뉴스 2021. 8. 26.

24 「중고 의류, 헌 옷 수거함에서 아프리카 가나 가정집으로!」 KOTRA 2018. 4. 27.

25 "Fashion has a huge waste problem. Here's how it can change," World Economic Forum 2019. 2. 28.

26 "Why Cate Blanchett wore the same dress twice on the red carpet," *The New Daily* 2018. 5. 9.

27 에리히 프롬 『소유냐 존재냐』, 차경아 옮김, 까치 1996.

Chapter 2. 동물을 입는다는 것

1 「전곡선사박물관서 '오! 구석기' 시대부터 10년 역사를 돌아보다」, 『경기신문』 2021. 5. 13.

2 「모피, 퍼(Fur)렇게 멍든 동물들」, 『한국일보』 2016. 1. 7.

3 "Michael Kors Bans Fur," PETA 2017. 12. 15.

4 "VICTORY! Burberry Bans Fur and Angora," PETA UK 2018. 9. 6.

5 「'길 고양이' 잡아다가 고양이 모피 조끼 만들어 팔고 있는 중국 시장」, 『인사이트』 2020. 2. 28.

6 "Is the fur trade sustainable?" *The Guardian* 2013. 10. 29.

7 "Natural mink fur and faux fur products, an environmental comparison," CE Delft 2013. 6.

8 같은 글.

9 "Wool, Fur, and Leather: Hazardous to the Environment," PETA.

10 "Fur Is Not Green," Fur For Animals.

11 "Escaped mink could be 'disaster' for Donegaly," BBC News 2010. 9. 29.

12 "Japan makes an end to fur farming," Fur Free Alliance.

13 「코로나 살처분 면하니 모피 벗겨 도살… 덴마크 밍크의 눈물」, 『나우뉴스』 2020. 11. 13.

14 "These facts show how unsustainable the fashion industry is," World Economic Forum 2020. 1. 31.

15 같은 글.

16 "New vegan Tom Ford to limit use of fur in upcoming collections," *Los Angeles Times* 2018. 2. 6.

17 "America is obsessed with beef but it has no use for hides so leather prices plunge," *Los Angeles Times* 2019. 8. 19.

18 "Is Leather a By-Product of the Meat Industry?" Good On You 2020. 1. 20.

19 *Los Angeles Times*, 앞의 글 2019. 8. 19.

20 "Share of leather by animal type," International Council of Tanners.

21 "How Leather Is Slowly Killing the People and Places That Make It," Gizmodo 2014. 3. 6.

22 "The toxic cost of Kanpur's leather industry," *India Today* 2016. 7. 19.

23 Gizmodo, 앞의 글.

24 같은 글.

25 같은 글.

26 "Australian farm to hold 50,000 crocodiles for luxury Hermès goods questioned by animal welfare groups," *The Guardian* 2020. 11. 14.

27 「세계 최대 양모 생산국 호주… 양 개체 수 100년來 최저」, 『서울경제』 2019. 9. 11.

28 「'물싱'으로 고통받는 양들의 비명」, 『이코노미 인사이트』 2019. 4. 1.

29 "Cashmere and climate change threaten nomadic life," BBC 2020. 3. 5.

30 「기상 이변에 몽골 땅 65% 사막화… 인구 20%는 '환경난민'으로」, 『경향신문』 2019. 2. 22.

31 「600만 난민 부른 사막화… 매년 서울 100배 면적이 바뀐다」, 『중앙일보』 2019. 11. 9.

32 『서울경제』 앞의 글.

33 "Could faux fur be worse than the real thing?" *Dazed* 2020. 2. 6.

Chapter 3. 생산자와 소비자로서 할 수 있는 실천

1 "Kering Standards for raw material and manufacturing processes," Kering 2020.

2 「유명 패션 브랜드 '친환경' 표기, 60%가 허위」, 『어패럴 뉴스』 2021. 7. 7.

3 「[저탄소생활 백과사전] 세탁 횟수 줄이기」, 한국기후·환경네트워크.

4 "One Thing You Can Do: Smarter Laundry," *The New York Times* 2019. 10. 2.

5 허정림 「비누, 세제, 그리고 계면활성제」, 『작은것이 아름답다』 2014년 8월호.

지구를 살리는 옷장
지속가능한 패션을 위한 고민

초판 1쇄 발행 / 2022년 4월 25일
초판 7쇄 발행 / 2024년 6월 20일

지은이 / 박진영 신하나
펴낸이 / 염종선
책임편집 / 곽주현 홍지연
조판 / 신혜원
펴낸곳 / (주)창비
등록 / 1986년 8월 5일 제85호
주소 / 10881 경기도 파주시 회동길 184
전화 / 031-955-3333
팩시밀리 / 영업 031-955-3399 편집 031-955-3400
홈페이지 / www.changbi.com
전자우편 / human@changbi.com